第三次冲动

大爱无痕◎著

文化发展出版社
Cultural Development Press

图书在版编目（CIP）数据

第三次冲动 / 大爱无痕著．—北京：文化发展出版社，2022.8

ISBN 978-7-5142-2940-0

Ⅰ．①第… Ⅱ．①大… Ⅲ．①长篇小说－中国－当代 Ⅳ．①I247.5

中国版本图书馆 CIP 数据核字（2022）第 111593 号

第三次冲动

大爱无痕 著

责任编辑：周　蕾　　　　责任印制：邓辉明

装帧设计：张合涛

出版发行：文化发展出版社（北京市翠微路 2 号　邮编：100036）

网　　址：www.wenhuafazhan.com

经　　销：全国新华书店

印　　刷：北京昌联印刷有限公司

开　　本：880 mm × 1230 mm　1/32

字　　数：156 千字

印　　张：8.75

版　　次：2023 年 4 月第 1 版

印　　次：2024 年 5 月第 2 次印刷

定　　价：46.00 元

I S B N：978-7-5142-2940-0

如有印装质量问题，请电话联系：010-83600578

目　录

第一章　谜样的笔记本

抢劫

如你所见，身边遍地穷人。

傅天南就是个穷人——出租车司机。日出出车，日落不收车。

好多时候，傅天南胡子都不刮，懒得刮。一脸的络腮胡，像山贼。这样的脸，倒让他显得很男人很霸气。

但就是这个很霸气的男人，却没有霸气的理想。也因为霸气的胡子，吓跑了不少客人。可他就是不刮。钱没挣多少，就剩下胡子了。要是再刮了，心就空了。

等人的时候，他的手就开始痒痒。难怪他媳妇骂他："一个开出租的，不好好赚钱养家，你瞎拍什么呀！”

但他就这点爱好。

手持摄像机的感觉，让他觉得自己像记者，又像个纪录片导演。平凡人的理想好多都有些稀里糊涂，但傅天南想当摄影师的理想，一睁眼就触手可及。仿佛这个理想就搁在床头柜上，起夜的时候一伸手就够得到。甚至每抽一支烟，他就想一次。梦里更是任由理想泛滥得无边无际。可无论咋想，一直没有实现职业摄影师的梦想。于是，他就趁开出租等客人的空余，顽固而执拗地延续他的梦想。

车半新不旧，家半新不旧，要再丢失了这个理想，他不知道靠什么支撑才能活下去。

正是中午时分，这城北地带杂乱、偏僻，环境稍显生硬。镜头里空空的，没有一个人。

他手举着摄像机，顺着出租车车窗那小小的方寸地儿左右摇动。他笑了：一位身着粉红裙子的女士走入了他的摄像机。有乳沟！身材竟有几分迷人。傅天南顾不上抬头，贪婪地从视窗上继续捕捉精彩，放大……缩小，缩小……放大……他嘴里念叨着：胸部不错，腿也不错。可惜了，小腹部有赘肉……

他略感遗憾地摇摇头，又咂巴两下嘴唇。

路边葱绿细长的柳树叶子摆来摆去，摇曳着，像女人的长发。

画面上，女人背后又急急走过来一位男子。穿着淡蓝色夹克，一条露膝盖的牛仔裤。蛮着急的样子，像尿急。

“幼稚。男人怎么可以穿成这样?”傅天南很鄙视。

或许是她男朋友吧，傅天南猜。两人吵架了?

突然，男人和女人从镜头里“倏”地一下消失了。具体如何消失的，傅天南甚至没有反应过来。

大白天遇见鬼了！傅天南惊出一身冷汗。

揉揉眼，再次用镜头左右扫视，还是一点影子也看不到。

要命!

大热的天儿，空旷的胡同，让傅天南觉得像被人兜头浇了一盆冰块儿，一股冷飕飕的寒气，陡然从后背直穿前胸。

傅天南是退伍兵，体质好，平时也爱管点闲事，但眼前出现的这个情况，不禁让他起了一身鸡皮疙瘩。

万般疑惑中，傅天南拿着摄像机，快速锁好车门，蹑手蹑脚地向刚才盯着的那条胡同走去——他想弄个究竟，看看两个人是如何人间蒸发的。

脚步越来越匆忙，甚至有点踉踉跄跄，因为心里有一丝恐惧。

突然看到的场景，让他顿时把惊恐转为愤怒——原来，那男人正在抢劫。他把女人拖到了墙角，怪不得看不见影子呢!

傅天南距离他们还有三四十米。他在胡同西头，两人在胡同东头。

男人一手拿刀，一手和女人抢夺包。不是你的包，说抢就抢，女人当然不乐意，就拼命地挣扎。

胡同两侧全是红砖垒砌的低矮民房，地面铺就一溜石块儿。砖缝和地面上散发着一股沧桑的历史潮气儿，墙壁上爬满了爬山虎，绿得霸气十足。

这个女人看起来柔弱，但却勇敢无比。

挣扎中，包里的东西撒了一地。稀里哗啦，飞飞扬扬。稀里哗啦的是化妆品和钱包，飞飞扬扬的是个笔记本。

男人扑向掉落的钱包，女人却扑在那个本子上。

男人愣了愣，意识到笔记本可能更有价值，于是就推开女人的身体抢。

女人使劲儿翻身，用高跟鞋蹬男人，但却一声也没喊。

这场哑剧一般的抢劫案，就发生在傅天南眼前，他高声大喊："放手，你小子眼里还有没有王法了！"

听到他这一声怒喊，男人似乎有点慌神了。"刺啦"一声，两个人争抢的那个笔记本被扯成两半。女人毕竟气力弱，最终被男人一脚踹倒，撞在墙上。男人拿着半个本子和钱包，慌张地朝东面逃跑。

傅天南朝男人逃跑的方向歇斯底里地喊："站住！老子撕了你。"他大步流星地追了过去。

见男人倏忽不见人影，傅天南这才气喘吁吁地返回女人身边，俯身查看女人的伤情。

女人已经自己坐起身来，捋了捋凌乱的头发，冲傅天南点点头："谢谢你啊，哥。"

"赶紧报警吧。"傅天南说话间，拿出手机就拨110。

女人听要报警，忽然有了力气，"噌"地从地上站起来，一把夺过傅天南的手机，说：“别，别……”

由于夺得急，女人的尖指甲划破了傅天南的手。

看着女人手里拿着自己的手机，傅天南忽然生气了，说：“你这人，不识好歹，我好心报警……”说话间，从女人手里要回了手机。

女人不好意思地用裙袖给傅天南擦手上的血，道歉说：“不好意思，不好意思。”

“丢了东西你咋不报警？认识他？”

“这个臭流氓，谁认识他。”

女人说话间，再次点点头，说一声“谢谢”，就转身向东边走去。一边走一边拍身上的土和杂物，屁股一扭一扭的，不失风韵。

傅天南悻悻地扭头朝出租车走去——这年月，管闲事当好人，总是被人误会。

本想见义勇为，却遇到个不懂事的怪女人——丢了东西也不报警。

不报拉倒，省得管闲事。为拍摄录像，傅天南曾经没少管闲事，惹得媳妇见到他的视频就想删除，想连他这个人也删除，无奈孩子都上高中了，只好将就、忍耐。

一个人再次坐到司机位置上，傅天南深吸一口气，闭上眼睛，安心养神。

“咣咣咣”，有人砸玻璃。

傅天南睁开眼睛一看，猛地一惊——我的亲娘啊！她咋又回来了？

入局

女人一弯身，蛇一样钻到车后座上。

“师傅，你刚才不是拿着摄像机吗？”她吞吞吐吐地问。

傅天南猛然想起刚才自己见义勇为的时候，手里的摄像机一直没有停。听女人这么说，就慌张地翻出片子看，越看越惊险。镜头里，两个人打斗得非常激烈，白晃晃的刀子就在女人胸前和眼前乱晃，这会儿看起来真有点玄。

女人将头伸得长长的，傅天南能感觉到她鼻孔里出来的气儿，痒痒的。

女人问：“能看清楚不？”

遗憾的是，由于只顾着阻止男人，镜头晃动得太厉害，只看到男人一个侧面。

“哎，”女人长叹一声，“哥，你一定要帮我找到这个本子。”

傅天南这才认真地打量着眼前的这个女人：面白唇薄，一头金发，梨花烫。美得有点儿晃眼。

但瞬间，傅天南就忘记了审美，因为他发现了问题——这女人真是怪，不保护钱，却保护一个笔记本？

“看来这个本子很珍贵，对你很重要。”

女人说："不光对我重要，也关系你的性命。"说完，她却突然捂了一下嘴，好像觉得说漏了嘴。

傅天南随口就说："扯淡，和我有半毛钱关系。"

听他说脏话，女人蹙了一下眉。

傅天南更加疑惑，反问："既然这么重要，为什么不交给警察？"

女子立即回绝："你以为警察是白痴？会随便相信一本日记？"这句话刚说完，她又补充说："我可不是不想给警察啊！"自相矛盾，掩耳盗铃。

傅天南本来只是随意一问，女人给不给警察，他本不是太关心。但女人补充的这句话，顿时让他警觉起来——她一定是不想给警察。可为什么不想给呢？有一点可以肯定，这个本子牵连着她的重要秘密！

说不定是她情人的什么事呢。傅天南暗自揣测，想笑。

刚想再套点细节，突然，女人惊慌失措地喊道："开车！快！跑……"

毕竟是职业司机，听到女人惊恐地一喊，傅天南来不及多想，打火、倒车、加油、冲刺，一连串的动作，一气呵成，精彩绝伦、无懈可击。

因为他已从后视镜里看到一辆轿车正直直地朝着自己的出租车猛冲过来，像疯狂的野牛。

女人坐在后座上，右手不停地拍着胸脯，眼睛死死地盯着后面追来的轿车。左手手指使劲抠着座套。

半旧的出租车穿行在街道上的车流中，开始玩命狂奔。“嘎嘎”的刹车声一下接着一下……

要是换了别人，说不定早不干了。后面玩命飙车的司机，技术一流，几次都与傅天南的车并驾齐驱，试图用车头撞他的车。这纯粹就是影视剧里的警匪情节，不吓死才怪。可傅天南不同，一是他平时就喜欢飙车，二是他骨子里有那么点英雄情结，惹点事反而觉得刺激，这点从他总爱管闲事的作风就能看出来。

一边跑他还一边思考，眼睛冲着前方，问女人：“你为什么要相信我？就不怕我坏了你的大事？”

女人指了指车前的铜牌。傅天南笑了——终于有人尊重自已了。于是心里更加觉得，必须帮这个女人。

自从退伍后，荣誉感从没像这一刻这样强烈——车前工作台上摆放的“放心车”的铜牌，此刻熠熠生辉，在傅天南心里“唰”地打出一道亮光，透亮无比！

还有一点，傅天南觉得心里有点龌龊——这女人很美！无助柔弱的样子，让他生出一种英雄救美的感觉。

天空划过一道闪电。“咔嚓——轰隆隆”，闪电过后，接连几声惊雷，轰鸣不绝。不一会儿，天空急落下大如黄豆的雨滴，砸得车玻璃“啪啪”乱响。霎时间，暴雨如注，落地成河。

后面的车还在紧追不舍，可距离已渐渐拉长。出租车司机玩车，还是有一套的。平日里挤车加塞为挣钱，此刻却为逃命，手脚更是配合得相当默契。

傅天南顾不上说话了，专心致志地开车。雨刮器显得有点手忙脚乱，雨水顺着挡风玻璃急速滑下。

傅天南利落地把车拐进了一个窄胡同。这是他耍的一招诡计。

他心里有底，这个胡同有个急转弯，他准备在那个地方甩掉后面的车。

傅天南将车开进胡同，顺利一个左急转弯，停下来，从后视镜隐约看到那部车"哧溜"朝东跑过去，他鄙夷地抽抽鼻子:"跟我玩，你还嫩点。"然后转过头一笑，潇洒地问:"说吧，女士，送你到哪儿?"

"南溪岛。"

愣了愣，但傅天南还是愉快地说一声:"好嘞，你坐稳啦。雨天跑那地方，车费加倍……""嗖"的一声，将车开出了胡同，直朝南溪岛奔去。

雨天的路上，车渐渐稀少。尽管傅天南驾驶技术很高，也必须得小心翼翼。雨水荡起的雾气，影响视线。傅天南将空调调到一挡，朝玻璃吹冷风但却无济于事，又拿出抹布不停地擦内玻璃。旧车就这点不好，车内一有热气就容易起雾。起雾本该空调起作用，无奈空调犹如八十岁的老人，半天缓不过劲儿。走了一会儿，车内渐渐有点凉气，傅天南递给女人一块小毛毯——那是他晚上等客人时盖的。女人顺手搭在膝盖上，盖住了白皙的腿。

行进中，女人说，她叫乔玲珑，南溪岛上有她家一处祖产。三天前，她正在老房子前歇凉时，突然有个叫丁康的男人，浑身是血，急急忙忙塞给她一个笔记本，说：“保管好，这是惊天秘密。谁也不能告诉，包括你的家人，否则会有性命之忧。”然后就跑远了。乔玲珑接过本子急忙躲进院内，从门缝里看到追丁康的两个人，手里拿着砍刀。

“乔女士，我不明白，既然丁康让你谁都不告诉，你为什么要告诉我?”傅天南听乔玲珑这么解释笔记本，觉得太可疑。哦！惊天秘密，你说告诉就告诉了，鬼才信！

明明说得很清楚，谁都不能告诉，凭什么要告诉我？傅天南忽然觉得这女人看似柔弱，心眼却挺多。这后面一定隐藏着别的曲折。

“我是个普通的美术老师，既然这件事你已经全看到了，凭我一个女人是难以找回丢失的半个笔记本了。我肯告诉你，是想让你帮我找回来。还有，万一我出事了，你也当个见证人。”乔玲珑说得很坦然。

或许她说的是真话。看来，她是想到保护自己的招数了。

但旋即傅天南又觉得很不对劲儿，再次问：“既然这么重要，你为什么不直接交给警察？警察总比我更可靠吧?”

乔玲珑说：“跟你说过了，警察才不会相信呢。”

就这么搪塞、敷衍，傅天南自然不信。不将本子交给警察，她肯定还隐藏了什么。但估计她一时半会儿是不会说了。

实际上，乔玲珑根本就不准备将本子交给警察，因为本子封底内页的位置，有一张她的照片。她感觉蹊跷。

这张拍摄于南溪岛的照片，是她 17 岁那年的黑白照。这张照片，她只给过一个人。

其实这还不是最重要的。致命的是，这个本子里有个签名笔迹，她非常熟悉——像极了“江姨”的字。

最让她没想到的是，今天中午，从江北县城里的住处拿换洗衣服出来后，却突然遭遇一个贼人，抢了自己的东西。这让她觉得自己罪孽深重——这么重要的东西，因为自己的疏忽大意已经开始暴露了！她越想越悔恨，偷偷地掐自己的大腿——一定要找回来。望着眼前这个魁梧的司机，心中暗想，只有靠他了——这个男人仗义、实心眼！

如果是普通人，乔玲珑宁愿死，也不可能把这么重要的东西随随便便就说出来。原因是，她的包被抢之后，惊魂未定地走了很远，忽然觉得扶起自己的这个人很眼熟，后来偶然想到摄像机，才记起曾在报纸上看到过傅天南见义勇为被误解的新闻报道。连篇累牍的讨论，在《西陆晚报》上一天一天地刊登。因此她知道傅天南这个人绝对可靠，这才回去让他查看摄像机，帮忙找那个抢劫犯，也才敢把这么重要的秘密告诉他——见义勇为的男人都认死理儿，必须借助他找回丢失的半个本子。

更让她感到不安的是，这个本子的主人显然已经气急败坏了。这点从今天追踪他们的轿车就可以清晰地感受到。说不定他们也会像追杀丁康一样追杀自己。无意中得到的这个本子，让自己惹上了这么倒霉的事情，她想起来就有点后怕。可事已至此，后悔是不管用了，怪只怪自己当时没有拒绝。

可话又说回来，看来这本子还真是和自己有缘，不然咋会有自己的照片？还有“江姨”的签字。这些都太匪夷所思了。难道这是他们事先设计好的圈套让自己钻？可我一个穷老师，有什么值得他们图的？

不行，先保命要紧！

想到这里，乔玲珑留了个心眼，把自己手里残存的本子偷偷拿出来，撕下一半，递给傅天南，说：“反正你已经参与进来了，你也保存点吧。万一这东西再次落入坏人手中，也让他们得不全。”

车窗外，暴雨如注，天地一片混沌。从玻璃上流下的雨水，如泼了一层水银。车内气温也越来越低，乔玲珑环臂抱肩，缩成一团儿靠在后靠背上，静静地发呆。

江北县城距离南溪岛，约有 30 公里。雨天行车不敢快，半个多小时后，傅天南将车稳稳地停在了乔玲珑的老屋门前。

此时正是暑假期间，乔玲珑不用上班，有 45 天的假期。南溪岛上，植被葱茏，清凉宜人，风光优美，但当地政府并未对这临江小岛进行开发，让它保持了原生态，因此平日游人并不多。

乔玲珑生性恬淡，不愿趁假期到人满为患的外地旅游，就在自己的老屋，过着采花赏月的悠闲日子。每日慵懒地起床，然后四处闲转，拿起画笔，对着江水，对着突兀怪异的奇石，安静地写生，惬意而舒适。这个季节的南溪岛，写生的人却不少。

乔玲珑住到岛上已经五天了，没想到却突然遭遇这件事情，彻底打乱了她正常的生活。她很不高兴。但现在看来，无论她高兴不高兴，事情已经在朝着她不能控制的方向发展了。

摆在她面前的只有两条路：要么直接把本子交给对方，要么就被对方死死纠缠，直到水落石出。

问题的关键是，这个本子究竟记录着什么秘密，到目前乔玲珑也没弄透彻。这也是她给傅天南一部分本子的缘故，想让他也帮着分析分析。

傅天南毕竟当过兵，警惕性相当高。下车的时候，他故意拖拖拉拉，用眼神的余光逡巡四周，看看刚才追踪的人是不是跟到了这里。看着乔玲珑一副满不在乎的样子，他都替她担心——拿了这么重要的东西，一点警惕性都没有，女人真是至傻无敌！傅天南突然想起自己的妻子，特别想说这句话，但还是忍住没有说出口，怕乔玲珑生气。

傅天南将乔玲珑交给自己的本子揣在裤腰处，生怕被雨淋湿了。

出租司机的车，就是个移动的家，里面什么都有。傅天南刚递给乔玲珑雨伞，她就下车了。傅天南下车后，将车锁好，自己也打了一把伞。

此时雨水依旧肆虐，虽然举着伞，斜吹的雨水还是无情地浇在两人身上。乔玲珑开门的这一会儿，两个人全身都湿透了。

打开院门后，乔玲珑匆匆忙忙朝着堂屋跑，傅天南随后顺手把院门闩上。女人不懂安全的重要性，他可不能不提防。多年当出租司机，他听说了太多的离奇故事，也让他牢记一句老话——小心无大错。

这间屋子里，陈设简陋。对门放置了一张木制条案，古色古香，一看就是陈年旧物。靠西边放置一张八仙桌和两张太师椅。

傅天南正站在堂屋外间打量，乔玲珑从东面里屋拿出一条毛巾递给傅天南，让他擦身上的雨水，自己转身走进里屋，估计是到里屋换衣服去了。

傅天南浑身湿漉漉的，先擦了擦头发，又偷偷朝怀里的本子看了看，暗自庆幸一点也没有湿。幸好自己有预防，不然这么猛的雨，早泡透了。

不一会儿，乔玲珑再次出来时，已经换上了素雅的白底蓝花连衣裙，细碎的小蓝花让他想起乡下的打碗花——不过那花是黄花。

傅天南眼睛不敢多看她。乔玲珑身材窈窕，胸部凸出。虽然只是无意一瞥，该看的重点却全都看到了。有点直接，也有点粗鲁，为了掩饰尴尬，傅天南急忙拿毛巾继续擦头发。

乔玲珑好像并不在意，落落大方地丢给他一件黄色 T 恤衫和一条牛仔裤。傅天南想都没想就进了里屋。穿裤子的时候，他忽然想：平时不在老屋住的乔玲珑屋里咋会有男人衣服？这也仅仅是一念之间的想法，他知道自己没资格也没理由深究。

一切都收拾妥当了，两个人蓦地交流一下眼神，心照不宣地拿出笔记本，来到里屋，将本子摊在窗前的桌子上，细看：

2013 年 3 月 5 日，进原料共 865 公斤，送药到江北宾馆 60 公斤。

3 月 7 日，进原料共 1.2 吨，126 公斤毒药分散到市场。哈哈。

这么一看，傅天南也傻眼了。没想到记录的事竟如此赤裸裸，让人触目惊心。

“看来，这是制毒分子的一本流水账。”

乔玲珑点点头，说：“可这究竟是什么药品？流入市场多久了？”

“是啊。为什么江北宾馆里会有？”

乔玲珑有点疑惑：“如果是制造毒品，为了隐蔽，本子上就应该隐藏‘毒’‘药’这些暴露的字眼啊？为什么制造者要在本子上直接写‘毒药’两个字？”

傅天南用手抚摸着眼前的笔记本，喃喃自语道：“这些东西在什么地方生产？对了，丁康是做什么的？”

乔玲珑没有回答他，一副陷入沉思的样子。

傅天南忽然一笑，说:“你不会还有什么事瞒着我吧?”

乔玲珑说:“哪能呀。”然后，继续沉思。

可傅天南已经无法冷静了。就算现在塞进脑子里一块冰，也丝毫不能减退这些问题产生的热度。一系列的问题在脑子里旋转、纠缠。死结，死结，还是死结……还有，乔玲珑为何不顾性命要隐藏秘密，为什么不敢把本子交给警察?

尽管身边的这个女人很美，此刻和自己距离不到20厘米，可傅天南隐隐觉得乔玲珑现在还在防着他。可他不想点破，男人对美丽的女人总是脾气极好。他希望她在合适的时候主动告诉自己，那样显得绅士、有礼貌。当然，如果她真的不想说，他问也是白问。

深不可测。

傅天南想对乔玲珑说，只是喉结动了好几下，终于还是咽下了这句话。

被盯上了

夜晚的南溪岛，在暴雨的笼罩下，阴沉得像个墨池。

窗外，唰唰的雨声，越来越急，像邻居小孩儿淘气地拧开水龙头在疯狂地滋水玩儿。玻璃上，水流浮动，模糊一片。在这种狂风暴雨巨大的声响中，听不到其他一丝声音。可越是听不到别的声音，心里的恐惧越被无限放大。

吃过乔玲珑做的清炒丝瓜、银耳百合菜后，乔玲珑又给傅天南端上一盆奶香南瓜豆腐汤，用大瓷勺一勺一勺地给傅天南往碗里盛。

傅天南何曾享受过如此待遇，急忙站起来推辞，却无意中触碰到乔玲珑的手，“刺”地被电了一下，他急忙缩手，尴尬地说：“我不是有意的。”

乔玲珑甚至都没有接他的话，神情有点呆滞。这样的夜晚，遇上这么烦躁的事，谁也高兴不起来。

雷声一声连着一声，从窗缝钻进来的风，凉凉的。雨越下越狂，焦躁如魔鬼。两个人静静地待了会儿，无话可说。看看表，已经十点多了。乔玲珑说：“大哥，你到南屋休息去吧。”

傅天南站起来，走到门口，安慰她：“你也早点休息吧。再愁的事，总会想出办法的。明天我们一起想。”

乔玲珑点点头，说：“嗯，我听你的。”

傅天南撑起一把伞就往院子里冲。可小小的雨伞根本挡不住狂暴的雨水，地面上的积水至少有二十厘米深，尽管只有十多米的距离，到南屋的时候，裤腿和肩膀还是湿了。

他脱下裤子，拧了拧裤腿上的水，将裤子搭在床边的衣架上，然后脱下 T 恤衫，光着上身，躺到床上。傅天南虽然躺下了，却睡不着。他左右看看，这间屋子里就一张床、一个木衣柜和一张桌子。有点简陋，有点寒酸。

他忍不住坐起身来，看看床单上是否有灰尘。像这样许久无人居住的屋子，落尘该很多。但仔细查看，并无灰尘，这才安然躺下。

望着头顶的木顶棚，他开始梳理这半天的遭遇。先是遇见乔玲珑的包被抢，然后是一路狂奔，再然后是乔玲珑把本子撕给自己一部分，真不知道这女人安的什么心。况且，看情形，这个本子上记录的，确实是非常棘手的事情。要不是自己及时开车帮乔玲珑躲避追她的轿车，说不定她这会儿……

一想到飙车的场景，傅天南就心有余悸。他想着自己早晨出门时，妻子还交代："晚上早点收车。"这可好，半天都没有回家，不知道家里乱成啥样了。

他有心打个电话回去，却又怕解释不清楚，就想着明天一早，给家里打电话，反正以前也有出夜车的先例。想着想着，傅天南忽然想起自己的出租车还停在门外，于是就下床，光着上身，打着伞，想顺着门缝看看自己的车是否安好。

夜黑，雨大，傅天南扒着门缝仔细看，虽然看得不是很清楚，但一辆车那么大的体积，黑糊糊的一片黑影还在，他稍微松了口气，轻轻地说："幸好他们不知道这里。"见车没问题，他也就安心了，转身就准备回南屋继续睡。

转身时却猛然看到堂屋里好像有一束手电光晃动了一下，紧接着一个人影一闪，灯灭了。他抱紧赤裸的臂膀，朝屋里喊道："还没睡啊？乔姑娘。"

屋里却没人回话。

也许她不想被打扰吧。傅天南朝着南屋边走边想。

就在进门的一瞬间，傅天南脑子里电光火石地一闪念：不好，有事！

傅天南急跑过去砸堂屋的门，咣咣咣……咣咣咣……没人应答。

他急匆匆地四下看，弯腰捡起一根粗木棍，准备撬门。

这时，却听到乔玲珑低声说了一句："睡了。大哥，要是饿了厨房里还有饭。"

傅天南惊出一身冷汗。他看着自己赤裸的上身，好不尴尬。这要是砸开了门，看到自己这个样子，姑娘指不定如何想自己呢——老婆常说自己做事不过脑子，看来她真说对了。

傅天南苦笑着摇头，觉得自己真有点风声鹤唳、草木皆兵了。他踩着鹅卵石甬路跑步冲向南屋，"吱呀"一声关上了门，拖过毯子盖上。刚才被一阵急雨浇淋，此时浑身哆嗦……

平日里沾枕头就睡的傅天南，此刻却失眠了。

在家里偶尔睡不着的时候，傅天南老爱想发财的事，可这会儿大脑里却一片空白，他努力想让自己一如既往地想钱，钱却调皮地飘来飘去，不甘束手就擒。他睁着空洞的双眼，不知不觉又想起下午的事情……"真是鬼迷心窍了。睡！"他朝胸口猛捶一拳。

刚闭上眼，脑子里又回味起刚才乔玲珑轻声慢语地说："睡了。"想想都后怕，如果自己莽撞地砸开门，一个女人躺在床上……"不要脸！"她第一句一定会这样说，说不定一怒之下还会扇自己一个耳光。

恍惚间正要入睡，傅天南忽然觉得哪里有问题，一激灵坐了起来。他着急地拍着头，告诉自己：冷静、冷静、冷静！

可一时却想不起来哪里不对。

睡了。

没问题，这句话没问题。

厨房有东西？

难道她要提醒自己，厨房里放着重要的东西？

但随即就否定了。如果有东西，她完全可以自己取。

“咔嚓”，一声惊雷，吓得傅天南身子一颤。一道闪电照亮了整个屋子。

屋里有手电？也许她找东西呢。

傅天南惊恐地赤脚站到了地上：睡觉了！找东西？

他暗叫一声：“不好！”

感觉有危险，傅天南顾不上拿伞，穿上衣裤，快步跑到了院当中，刹时就傻眼了——堂屋门大开着，里面空荡荡的，院门也开了一扇，自己的出租车对着门静静地卧在那里……

傅天南连忙跑到出租车前，利落地从裤兜里掏出钥匙，钻进车内。打着火，车内的电子钟显示正是夜晚十一点十五分。

这下他彻底慌了。刚才明明是有人劫持了乔玲珑！既然睡觉了，咋还会亮手电？

真是笨死了，白当了5年兵，一点防范意识都没有。

这是再普通不过的常识，多明显啊，自己咋就这么粗心呢？明明不放心，怕出事，可现在就在自己眼皮子底下，活生生把一个人弄丢了。悔恨、懊恼、焦虑、愤懑，一股脑袭来。

傅天南沮丧地放倒座位，长长地叹了口气，喊道："啊呀，比猪还笨啊！"

但很快，他就调好座椅，匆忙地开着车子沿房子周围转了一圈，又开车朝着四周的道路乱开。

傅天南心急如焚——不知道对方会把乔玲珑劫持到哪儿。

虽然心里特别着急，可傅天南不敢开车走太远。这个南溪岛是个偏僻的小岛，平时很少有人来。自己偶尔开车来，也是把观光的客人匆匆送到就回去了，路况不熟，何况现在又是风雨交加。傅天南焦躁不安，却无计可施。

再次转悠到老屋子门前，傅天南忽然侥幸地想，刚才光顾着到外面找了，万一她还在屋里呢？应该到屋里看看，或许能发现蛛丝马迹。于是他匆匆下车，来到堂屋。

屋内没有明显打斗的痕迹，唯独床单被拖到了地上。

站在屋里，傅天南认真地回味起乔玲珑刚才的语气："睡了。大哥，要是饿了厨房还有饭。"这时候回忆起来，她说话的声音很特别，好像捏着嗓子，一定是有人捂住她的嘴吓唬她，再或者，是拿刀逼着她。

既然被刀逼着，乔玲珑一定会害怕。但她害怕什么呢？自然是那个本子。那么，现在被对方连人带本子一块儿带走了吗？

不可能！乔玲珑不可能被对方一逼迫就交出本子。那本子会藏在哪儿呢？只要找不到本子，对方暂时应该不会对她下毒手。

翻腾了十多分钟，找不到。傅天南就坐在床上抽烟。

怎么办？怎么办？怎么办！

匆忙中，乔玲珑一定顾不上给自己留下只言片语。究竟本子在哪儿？傅天南总觉得她是个不会轻易就范的女人，这个看似柔弱的女人身上有一股坚定不移的力量。这一点从今天下午被车追赶，她紧紧盯着后面的车还能镇定自若地和自己交谈就能感觉到。

那么，在哪儿呢？

乔玲珑的话再次响起："睡了。大哥，要是饿了厨房还有饭。"黑天半夜的，自己刚刚吃过饭，为什么要交代"饿了厨房有饭"——对了，本子极有可能藏在厨房！莫不是乔玲珑在提醒自己？

还真让傅天南猜对了——没费多大工夫，傅天南就从厨房的橱柜里找到了那个残缺的本子。他急忙把本子装在裤兜里，躲进南屋，闩好门，他手里拿着从厨房找到的菜刀，静静地坐在门后面。

他在等找本子的人——他相信，他们今晚一定还会回来。而且，估计他们就在岛上，就在附近。

因为刚才乔玲珑被绑架出门的时候，并没有汽车打火的声音，这说明要么他们的车在远处，要么他们根本就没有开车，他们就藏在某个角落里看着自己。

傅天南暗暗告诫自己沉住气。既然遇上了，就不能坐视不管。乔玲珑还在对方手里，况且这时候自己想躲干净已经不可能了。对方能找到乔玲珑，也一定能找到他。

现在他手里可是有本子一半的内容了——或对方现在并不知道乔玲珑被抢包的过程，以为她手里藏的是全部的本子。

后半夜，傅天南躲在门后一步也不敢挪动。夜里2点多的时候，他听到雨小了点，一个石块“当”地突然被扔进院子里。他一声也没吭，这明显是对方在“投石问路”。

或许就是他一声没吭，让对方警觉了——对方明明看见他开车出去转悠了一圈。人丢了，他不可能这么没心没肺地躺下就睡，所以对方就投石问路。

投石问路的结果是，没有动静。那伙人就知道，傅天南一定躲在暗处。对方采取以静制静——敌不动我也不动，耗下去，看谁熬得过谁！

傅天南偷偷从玻璃窗斜觑着黑黢黢的院门。院门在夜色的笼罩下，呈现棺材一样的黑漆色和冰冷感。可他隐隐感觉到，门外，一定有几双眼睛正牢牢地盯着自己。

背叛

正如傅天南所料，门外确实有两个人，正瞪着眼睛毒辣辣地监视着他所在的南屋。

这两个人，本来准备趁着夜色的掩护硬闯进屋里抢夺笔记本的。而且，他们根本就不把傅天南放在眼里，不怕这家伙搞什么动静。因为，他们手里有枪！

但就在这两人蓄势准备闯进去的时候，冷不防却听到雨中传来一声震人心魄的怒喊："住手！"紧随着这声疯狂的怒吼，一根木棍猛地砸过来。还未等两个人反应过来，一个修长的黑影已经逃进雨幕中，消失得无影无踪。

其中一个人头被砸出了血。他龇牙咧嘴，疼得受不了。血水和雨水顺颊而下。两个人感到腹背受敌，再不敢贸然行动。他们背靠背站在门外，一边监视傅天南，一边防备再遭人突然袭击。

两头都是敌人，这两人显然拿不定主意，究竟是先进去抓傅天南还是应该将更多的精力放在防备夜色中的砸棍客上。

最后两人商量的结果是：以静制动。毕竟院子里的傅天南已经是瓮中之鳖，再说这么黑到院子里抓傅天南，他们心里也有所忌惮，怕遭了暗算。

于是两人就鬼鬼祟祟地披着雨衣在门楼下等，一是等雨停，二是等天亮。

雨还在较劲儿地下。

天终于亮了——傅天南虽然一直怀疑门外有人，但他并没有亲眼看见人。而且他看看院子，自己觉得，毕竟还是和平社会，朗朗乾坤，胆子再大，也不敢大白天杀人行凶吧。

于是，他试探地溜出了老屋，走到院门前，伫立了足足一分钟，他深吸一口气，“吱呀”一声拉开了院门，往外一探头，“咣”的一声，傅天南像只死猪一样倒在地上……

这两个等了大半夜的人，迅速从傅天南裤子里找到出租车钥匙，打开车门，把傅天南抬到后座上，捆上双脚双手，眼睛上蒙了一层黑布……一切完备后，驱车向东开去。

雨还在下，风还在刮，但小了很多。此刻，已是早上8点15分。

一夜时间，乔玲珑不见了，傅天南也遭遇了绑架。

19个小时前，傅天南刚刚送一位大爷回家，然后拿出摄像机，拍摄城北地带的午间景致……

两个陌生人驱车走了大约10分钟后，乔玲珑家的老屋院门前，又驶来了一辆别克轿车。

从轿车上下来一位女士，腿长、腰细，穿了件粉红的薄冰丝衫和七分裤。下车的同时，她撑起一把白底蓝花的雨伞。

雨伞像蘑菇，她像蘑菇下的仙女。

她安静地站在门前端详了片刻，见院门敞开着，就径直走进院子里，轻轻地喊一声：“有人在家吗?”没有人回答。

她静静地站在院里，四处打量着这个古旧的院落。

不知不觉就来到堂屋门口，她一边收伞一边再次询问：“有人吗?”还是没人应答。

说话间她已经走进了屋里，奇怪的是，屋里没人。这下女人感觉自己有点太唐突了，扭头撑起伞往外走，她心里感觉有点蹊跷，就再次站在院子里，加大了音量喊：“家里有人吗?”

喊了几声，一直没人吭声，她实在不好意思继续留在这里了，边往院门走边寻思：好好的大白天，开着院门却没人——看来这岛上的治安挺好，简直到了路不拾遗的地步。

光顾着寻思主人到哪儿去了，却没料到在门口差点撞在一个男人怀里，她吓得失声叫道：“你……你是谁?”

男人看上去历经沧桑，脸上尽是青春痘留下的痕迹，坑坑洼洼的。

男人看看她，问：“你也是这家里的人?”

“不是不是。我也正找这家的主人呢。”

女人没有注意到，男人问她的时候，说的是“你也是这家里的人”，显然，这男人认识这家的人。

“你是说，家里没人?”

“嗯，我也是才进院子没一会儿。”

那男人盯着她上上下下看了几眼，一言不发，扭头就要走。

女人觉得被他白白看了几眼，像吃了亏，忍不住没好气地问：“你是谁? 我是来旅游的。”有问有答，女人一句话既表明了身份和动机，又咄咄逼人。

“嗯……这么说你也是来南溪岛旅游的? 我也是今天刚到，旅游爱好者。”

“暑期到这儿闲来逛逛。”女人好像故意解释，“这地方不错”。她并没有说实话——其实她是跟踪几个人来到这座岛上的。

那男人也没有说实话——他到岛上已经一周了。而且，男人到这个院子里，并不是漫无目的地闲逛，而是要找一个人。

可现在，他要找的人不知去向，却无端冒出另外一个陌生的女人。那么这女人是他要找的人的朋友？还是真如她所说，是个纯粹的游客？是不相干的人？

为了摸清这女人的来历，本来已经转身准备离去的男人，突然说："我和这家主人是朋友，要不我们就先住下，等等我朋友吧。"

女人思忖片刻，说："也好，反正我是要租房子的。租你朋友的房，我们也算是有缘分的。"

说完，女人360度转个圈，用手指了指南屋："我就住这间吧。租金等主人回来就付。"

男人说："难得上岛来，交个朋友吧。我叫丁康，户外运动爱好者，四十五岁。"

女人伸出手来，说："我叫瞿楠，自由撰稿人。"

这一次，两人都说了实话。

本来丁康不便说实话，因为他现在正纠缠在笔记本追逃事件中，隐瞒姓名是最直接最有效的保护方式。但他觉得，说出自己的真实姓名来，更有试探性。如果对方是知情人，马上就会有反应、有动作。所以，他说出了真名。

瞿楠说的也是实话。她的姓名和职业都是真实的。她本来也迟疑着该不该说出自己的真名字，因为她上岛并不是真的为了旅游。但转念一想，说不定自己平日里发表文章和作者简介的时候，早已暴露了身份，如果这时候报假名字，反而暴露出自己此行“别有目的”“另有企图”，提前暴露，于己不利，索性就说了真名。

丁康和瞿楠，两个陌生的人，坐在乔玲珑的老屋里，饶有兴趣地看起了电视。

各怀心事的人，看电视肯定是看不到心里去的，于是就没话找话地聊天，希望套出对方的目的。

乔玲珑被劫持后，被关押在一个小房间里。没有任何捆绑，和电视剧里的绑架有点不同。屋子没有窗户，有灯光，有电视，还有一张床。床垫很厚，被子很新。

最让乔玲珑想不通的是，既然是绑架，就应该没收她的手机，防止她报警。后来乔玲珑在确定没有性命之忧后准备报警时，才发现罪犯远远比自己想得周到：这个房间里，信号被屏蔽了。

没有踢打没有谩骂，乔玲珑索性躺在床上，故作镇定地看着电视。

电视其实一直在循环播放着，从乔玲珑一被扔进来就在播放着光碟，是一部香港武打片。

乔玲珑看起来是在看电视，可她心里早已翻江倒海，巨大的恐惧让她瑟瑟发抖：究竟该如何对付这帮人？他们将自己劫持到这里，一定是为了笔记本。但为什么他们抓来自己却不急着追问？反而还有些优待？歹徒可是吃人不吐骨头的，他们的目的究竟是什么？自己会不会被性侵？

想到这里，她死死地抱紧胸部，眼睛四处寻找可利用的武器。可屋子光秃秃的，除了水泥墙，一无所有，像画在本子上的屋子，干净、冰冷。

她忽然又想到，对方要是问起笔记本来，自己该如何应对？

必须找一个理由！她下床，在地上溜达、思考。

说笔记本丢了？他们肯定不会信。说笔记本在自己的屋里？谁知道那个傅天南现在怎么样，他是否藏好了他那一部分，如果他藏好了给他的那部分，即使自己交出手里的本子，对方也会觉得事情并没有了断，肯定还会接着找傅天南。那该如何说？

该怎么说？到底该怎么说？

原来撒谎竟然如此难——平日里她总能一针见血地辨别出学生是否撒谎，可轮到自己撒谎了才发现这项工作竟然很有技术含量。

乔玲珑能想到的恐怕就只有这些，她甚至有点恨自己没用，一个小小的笔记本都藏不好，太没用了。这时候，一个念头在脑海里突然闪现，她有点兴奋。自己的笔记本被抢了——对，就这样，转移视线。只要将视线转移到抢劫自己的那个年轻人身上，歹徒就不会再逼她了。

而且，乔玲珑有点得意：想在偌大的江北县寻找一个穿蓝衣服的年轻人，无异于大海捞针，让他们捞针去吧！

想到这儿，乔玲珑松了一口气，可马上又担心起救自己命的傅天南来。这个傅天南，本来就爱多管闲事，好见义勇为。如果他找不到她，说不定一急之下就会把他手里的那部分本子交给警察，那可就糟糕了——万一这件事真的牵连到“江姨”，可咋办？自己还对得住“江姨”吗？还有，自己的那张黑白照片，该如何解释？

一时间，乔玲珑反而不担心劫持她的这帮人了，全部心思都放在了傅天南身上，生怕他做出自己最不愿意看到的事情。

不行，得主动点。于是，她拍打着铁门大喊道：“来人，来人呐……”

喊了足足十多分钟，她才看到门上的一个小窗户打开了。一个贼头贼脑的男人露出不耐烦的样子，骂道：“吵啥，没到给你放血的时候呢，痒痒了？”说完奸笑了一声，举起了一根食指，做了个猥琐的动作。

乔玲珑距离门非常近，所以在看到这贼男人的同时，也看到了另外一个身影。乔玲珑突然打了一个冷颤——难道真的是他！因为，刚才分明看到一个人踢了贼男人一脚。

虽然铁门上的小窗户不大，那个男人的脸又几乎占去了整个窗户，但另外一个人的身影，乔玲珑太熟悉了——确实像他！难道真的是拿自己照片的这个人也介入了其中？混蛋！

如果真是这样，那就太不可思议了！就自己目前所知，这可是什么“毒药”之类的勾当啊。自己怎么会结交了这样的男朋友？真是瞎了眼！但她还是不信，完全不相信！罗杰，一个文质彬彬的画家，怎么会做出这种伤天害理的事情来？

不会不会，一定是自己搞错了。

想到这里，她定了定神，说：“你们不是要笔记本吗？放我出来，给你们。”

她刚说完这句话，铁门上的小窗户却意外地“咣当”一声关上了。

看到这一幕，她捶着铁门高叫：“放我出去！流氓！放我出去……”

屋外的贼男人，将头扭向身边一个身材细瘦的男人，用眼神征求意见——要不要放她出来？

细瘦男人沉吟片刻，点点头，悄声地叮嘱：“听她怎么说。趁这事老板暂时还不知道，只要她肯交出笔记本，就放她走。记住，不要动粗。”

乔玲珑还在砸门，大声喊叫，小窗户“吱呀”一声再次打开，说：“你稍等，马上放你出来。”

三分钟过后，乔玲珑站在了这个看起来像个废弃仓库的车间里。车间的屋顶是水泥顶棚，“行车”一动不动地卧在轨道上，纵横交错的铁楼梯遍布四处。

地面虽然是水泥的，却早已坑坑洼洼。

贼男人牢牢地抓住她的左手臂，用了很大的力气。还有另外一个胖乎乎的男人，站在她的右边，却并没有抓她的手臂。

虽然右手可以灵活地活动，但乔玲珑保持着安静，右臂自然垂落。她知道，在两个体型彪悍的男人面前，自己任何反抗行动都毫无意义。

胖男人开始问话："说吧，笔记本在哪里？"

"在傅天南手里。"乔玲珑没有说是被蓝衣人抢走的，反而随口报出了傅天南的名字。

"傅天南？谁是傅天南？"胖男人显然没想到她会如此配合。

"就是住在我家里的那个出租车司机。"

"哦？在出租车司机手里？"

"对对，我怕自己藏不住，就交给他保管了。"乔玲珑再次确认。

扭住他左臂的贼男人反问一句："你没有说瞎话？"

"我要那笔记本又没有什么用，何必骗你们？"乔玲珑表白。

"笔记本上的内容你看过吗？"胖男人多余地问。

"我才懒得翻，一手臭字。况且我一个教师，懒得管你们这乱七八糟的事。"

贼男人又问："谁交给你本子的？"

这问题乔玲珑早设计好了，立刻说："没有人交给我，是我在我家门口捡到的。"她觉得如果说出丁康来，不但会害了他，也有可能让事情变得更加复杂，索性编造个理由。

胖男人冷冷一笑，用手中的铁棍敲了一下身边的铁楼梯，楼梯发出沉闷的响声，三五只鸽子“突突”飞起来朝顶窗飞去，带起一阵扬尘，纷纷扬扬四处弥漫。胖男人用嘴吹吹灰尘，鄙夷地对乔玲珑说：“别自作聪明了，丁康早告诉我们了。”

乔玲珑根本不信，丁康为了逃命才把笔记本交给了自己，怎么会告诉他们？这肯定是他们用来诈自己的计谋，想骗自己说实话，一定不能上他们的当。于是，她摇摇头，笑一声说：“第一，我不知道什么丁康丙康；第二，我确实是在家门口捡到的。信不信随你们。”

两个男人好像并不在乎这件事的真伪，直接拉着乔玲珑坐到一把铁椅子上，胖男人拿出绳子一圈一圈将她绑牢，很友好地说：“好，等我们找到笔记本，就放你。”

贼男人却故意走在后头，摸一把乔玲珑的脸说：“美人！耐心等待。”

乔玲珑“呸”地吐了贼男人一口唾沫。

贼男人却不恼，伸出舌头舔着手背上乔玲珑的唾沫，陶醉地做出下流的动作，嘴里呻吟不断，一副淫秽的表情。

乔玲珑恶心地闭上了眼睛。

睁开眼睛的时候，两个人已经站在了车间大门口。

看着他们渐渐走远，乔玲珑开始琢磨如何逃出去。她左右扭动着身子，双手拼命挣扎。

真是两个粗心的笨贼！活动十几下后，绳子竟然脱落了。

乔玲珑蹑手蹑脚地踮着脚尖来到车间门口朝外张望。奇怪的是，并没有人把守。

但她还是小心翼翼地打开门，在门后站了片刻，确定没有人看守后，她使出全身的力气，朝门外跑去……

屋外不远就是个浓荫遮蔽的大树林。泥土地上，新雨过后，有些发黏。雨虽然停了，可树叶上还不时落下雨珠，让她的脖子、衣服上冰凉，但乔玲珑顾不上这些，只顾慌不择路地拼命往树林深处钻。

走得越远越好，越远越好……提心吊胆地跑出去一里多地后，乔玲珑找了一个茂密的草丛躲起来，偷偷地拿出手机，拨通了电话。

“嘟嘟……”电话响了七八下，没人接。

乔玲珑额头上冒出了虚汗，心中顿时升起无限的悲凉感——难道真的是他？

但很快，她的电话响起来，乔玲珑慌张地捂住手机，轻声地问：“你在哪里？”

罗杰说：“我和几个朋友在画室呢。”

“你让你朋友接电话。”

电话里，真的就传来一个声音：“嫂子，你是不是怀疑杰哥有外遇了，监督得真严啊。”

乔玲珑一听这话，眼泪“唰”地就流下来，哭着说：“你知道吗？我被人绑架了。”

罗杰呵呵笑着说：“绑架了好啊，那我可以再找一个娘子。”

“不是骗你，是真的。”乔玲珑焦急地说。

“好了好了，我信你，行了吧。我的娘子。你要我做什么，说吧。”

乔玲珑知道，凭罗杰的洒脱劲儿，一时半会儿跟他是说不清楚了，索性就挂了电话。

此时，她心里有了底——罗杰并没有陷入到这件事情当中来，难道自己想岔了？那为什么自己的照片会在笔记本里？看来，只有见了罗杰，才会搞清楚。

但乔玲珑万万没有想到的是，她无意中说出的一句话，让傅天南吃尽了苦头，受尽了折磨。

受刑

阴冷、潮湿的空气中弥漫着一股浓重的霉气。烂苹果混合脚臭的气味，辣眼呛鼻。

一间黑黑的小屋，几张狰狞的面孔。

傅天南被绑在一个木凳子上，两个人正在往他嘴里灌辣椒水。辣椒掺和着苦涩的江水，辣、咸、涩，还有一股鱼腥味，让他胃部翻涌出阵阵酸水，“呃”的一声呕吐出很多杂物，顺着脖子流到了胸脯上。

傅天南皱起眉头，好恶心的一股味！他甚至依稀看到吐出的秽物里有半只螃蟹钳子。昨天中午确实在街头吃了海鲜泡饭。

对面的椅子上，坐着一位蓄着长发的年轻人，皮肤白净，正吹着上嘴唇上长长的小胡子。如果不是在这样的环境下见面，真要把他当成艺术家了。

年轻人冷冷地笑着说：“大英雄，怎么样？这混合饮料的滋味不好受吧？”

傅天南瞪一眼这个年轻人，又无力地抬起头看了看身边的两个人，颓然地问：“我这是在哪儿？”

“天堂。”

“几位大哥，你们想知道什么？尽管问，我一个小司机，一没钱二没权，不值得你们浪费时间。”

“在今天之前，或许你毫无价值，对社会没有一点用处，但此刻……”年轻人摇晃几下头颅，脖子发出“嘎嘎”的响声，说道：“你已经很重要了，无比重要。”

身边一个高瘦的、七扭八歪的打手，骨架像粗心的焊工拼凑出的残次品，嚷嚷着说：“杰哥，甭跟他废话，再不说，我卸他一只爪子，看他还嘴硬。”

年轻人蓦然装出很吃惊的样子，用一只手朝着另一只手比画着：“咔嚓。啊呀，这一刀下去，你老哥还如何开车呀？”

傅天南被他的动作吓出一身冷汗——这帮人肯定什么都做得出来，真不知道他们究竟做的什么黑勾当。但此时傅天南心里异常清楚，如果自己轻而易举就说出那本子的秘密，说不定连命都保不住。于是他决定装疯卖傻，先试探试探。

“我真的不知道你们为什么抓我？求求你们，放了我吧，我就是个出租车司机。”

年轻人轻轻地哼一声，问：“说，你把本子藏在哪儿了？”

“什么本子？”

“少装蒜！就是那个女人交给你的笔记本。”

“哪儿有什么笔记本啊？我可真的是冤枉的。她是我昨天拉的一个客人，我连她叫什么干什么的都不知道，去哪儿见什么本子。”

“我看你小子是不见棺材不掉泪。”

“拜托几位大哥，我真的一点也不知道啊。”

年轻人扬起头，哈哈大笑，恶狠狠地说：“你还真是条汉子。不过你绝对想不到，你这是在白白受苦。”

说话间，他拿出一支小小的录音笔，轻轻一摁开始键。

录音笔里传出的声音，一下让傅天南坠入冰冷的地窖：

“说吧，笔记本在哪里？”

“在傅天南手里。”

“傅天南？谁是傅天南？”

“就是住在我家里的那个出租车司机。”

“哦？在出租车司机手里？”

“对对，我怕自己藏不住，就交给他保管了。”

“你没有说瞎话？”

“我要那笔记本又没有什么用，何必骗你们？”

“啪”，年轻人关掉录音笔，面目狰狞地盯着傅天南问：“还嘴硬吗？”

傅天南痛苦地闭上眼睛。本来他还觉得，那个笔记本一定非常重要，记录着什么害人的东西，此刻听到乔玲珑轻而易举就把自己出卖了，他仰天长叹：“女人啊！真不是东西。”

他怎么也没有想到，乔玲珑为了保住她自己，竟然把所有的事情都推到他身上。看来自己真是瞎了眼，看错了人。本来还以为她是个有良知的人，为了帮她把事实澄清，自己耽误生意不说，还提心吊胆地度过了一个下午、一个晚上，没想到却换来这么一个悲惨的结果。

叛徒！

仔细想想，何必蹚这浑水，自己有家有妻儿，何必为了一个不相干的人送命，就说：“我告诉你们，但你们一定要放了我，我才说。”

歪骨架踢他一脚，骂：“你以为这是菜市场砍价呢！”

年轻人摆摆手，轻声地说：“只要你老实交代，找到笔记本，就会放了你。”

傅天南说：“不行，必须让我带着你们去找。万一我说出来，你们找到本子了，杀我灭口咋办？”

“哈！没想到你小子脑子还挺灵活。好，我答应你，今天晚上，我们去找。”

“咣当”一声，铁门被再次关上。屋里顿时一片黑暗。

冰冷、恐惧、担忧一起涌来。再没有清晨喝一杯豆浆吃几根油条的幸福时光了，再听不到妻子喋喋不休的唠叨了，再不用为儿子的调皮上火了……

傅天南忽然很怀念之前的生活，那时他还正常地开着自己的出租车，虽然并不能达到妻子希望的大富大贵，没有开上儿子一直羡慕的、班里同学父亲那么牛的豪车，但他还是觉得自己的生活很美好。

最重要的是，这份工作的间隙，他还可以拿起钟爱的摄像机，拍摄社会见闻，然后回放、剪辑……生活熠熠生辉。

一想到儿子，他的心就疼了——平时叫你自立，就是不听。现在要是老子死了，孤儿！看你怎么活？他马上猛烈地摇头，“呸呸”，吐了两口唾沫，觉得自己的想法太晦气了。

可现在，这一切都因为那个罪恶的中午毁于一旦了。

“罪恶”，对，就是罪恶，要不是那个可恶的女人乔玲珑，自己何至于被困在这猪狗都不待的破地方。

从湿潮的空气中，他明显感觉到，自己是在地下。

这一刻，他无限留恋地回想起往日平静的岁月。想着想着，傅天南苦笑了一下，他甚至觉得，妻子平日里对他的抱怨和揶揄，也显得那么亲切、可爱。

可他更清楚地知道，如果这次不能“重返人间”，或许真的就从人间蒸发了。

双手被从背后捆绑在木凳子上，捆得像钉在凳子上。双腿也被捆得如鱼鳍，酸疼麻木。他艰难地来回活动双手双脚，不至于让自己的肉体和神经失去知觉。肚子饿得咕噜咕噜乱叫。从今天早上他们抓住自己，就没有吃过一口饭，没喝过一口水，嗓子眼里直冒烟。加上刚才的折磨，肚子里如被锋利的刀剜过，疼痛难忍。

头上被棍子砸出的伤口，也隐隐作疼。

顺着门缝，刮进来一股阴冷的风。他打了个冷颤。

如何逃出去？活下去是最重要的。

假如真如他们所说，晚上会押着自己去找笔记本，那可能是自己逃出去的唯一机会。可如何逃跑呢？他开始费尽心思筹划着，从脑子里搜寻着自己在部队学习的所有求生技能。

撒腿跑，显然不行。他摇摇头——两三个精力充沛的男人看着，不可能会给他在他们眼前消失的机会。而且又是晚上，路线自己也不熟。

打倒他们？痴人说梦。既然人家敢跟你去，就一定提前做好了准备。

喊叫？那个荒凉的小屋，这个僻静的小岛，又是晚上，恐怕鬼都懒得来，这也不太现实。

一次次否定着自己的计划，傅天南也一点点失去了信心。渐渐地，他脑子里只剩下了失望，一点希望的尾巴也抓不住。他有点悲凉地想：自己的性格中或许真的有犯贱的成分，怪不得妻子老说他天生就是贱人，太把自己当回事了。

要是不管这些杂事，哪会落到这步田地啊？他后悔昨晚没有给家里打电话。要是打了电话，最起码现在妻子和母亲会找自己啊。她们找不到，肯定会报警的……唉，一切太迟了，后悔自己不该卷入这事情中来，后悔自己不该打肿脸充胖子。

“充大尾巴狼”是妻子的话，此刻回忆起来，却犹如真理。她对他的分析，鞭辟入里，入骨三分。她是看透他了，瞧到他骨子里了。

他常常说：“一次轰轰烈烈的爱情，一场说走就走的旅行，人生的这两次冲动，我都没有赶上。所以，我要来第三次冲动，做一回风风光光的英雄！”

正因如此，见事就管，见屁就闻，盼望着遇见一次当大英雄的机会。这下好了，机会来了，自己却被捆得如待宰的羔羊，屁办法也没有。未当英雄，先做狗熊！

可是，傅天南还是不甘心就这么窝囊地死去。他挖空心思地想再找办法，逃出去。

方案被自己一个个否定了。这也不行那也不行，该怎么办？怎么办？刚刚三十八岁的壮年男人，难道就这样悲哀地连家人最后一面都没见就死在这荒郊野外？

可不想死，又能咋办？

那个笔记本上清清楚楚记录着“毒药”等字样，既然看过这些文字，自己的命怕是真就到头了。他不知道这是惹了哪路人，稀里糊涂地陷入了这场夺命追杀中。

这是非同寻常的事情。

非同寻常！越是非同寻常，自己的危险就越大。死神的手指，已经在后背轻轻敲击他的脊柱，发出震惊心灵的“嘟嘟”声响。

昏昏欲睡的时候，傅天南感觉到了羞耻，想小便。英雄没当成，先吓尿了！他想忍住，可身体很不配合，偏偏一点也不想忍，一下一下挤压他的神经，忍无可忍，他只好大叫：“来人啊，来人啊，老子要方便。”可任由他喊破喉咙，也没有半个人影。

黢黑、阴森的夜晚，夹带着饥饿、疲劳以及伤口的疼痛，傅天南沮丧地嘟囔：“完了，命啊。这就是命！老天啊，我哪儿惹着你了……”

想想以前为了争夺客人，自己对天天混在一起的哥们儿也毫不手软。他苦笑一下，何必呢。

想尿的念头越来越强烈，憋不住了，憋不住了！一刻也憋不住了！顺着裤腿，一股温热的尿液，一泻而下。他感到了无比愤慨、羞愧——大男人，尿到裤腿上！这还怎么有脸活啊！一会儿，他又赌气地想，我就要尿，尿，尿……再次尿，反复尿，依旧没人理他。

在和尿斗争了许久后，他渐渐地昏睡过去……头上的伤口似乎发炎了，疼得火烧火燎。他睁开眼，心头又升腾起求生的欲望。他觉得，晚上，今晚！说破老天，我也要逃出去。哪怕被这帮龟孙打死，也要拼命争取机会！

想到这里，他不再胡思乱想，索性沉睡，养精蓄锐，夜晚再战。

逃

逃出来后，乔玲珑弯着腰穿梭在湿漉漉、茂密的灌木丛中，手臂被划出一道道口子。黑暗中，身边稠密的竹林叶子，簌簌响动，如被魑魅魍魉跟随。

惊恐、慌乱、寒冷、饥饿一股脑袭来，让她疲惫不堪，可她还是强迫自己机械地朝前走。走一步，看十步，她警觉地不停地朝各个方向观察动向，生怕再落虎口。

忽然觉得前面有个愣愣的人影，冷冷地盯着自己。她吓得哆嗦着停住脚步，一动也不敢动。对峙片刻，见“黑影”一动不动，她双眼不敢移动，死死盯住对方，轻轻地将脚步一寸一寸挪近。

随即，她“扑哧”偷笑一下，眼花了，原来是一个大石头。摸着忐忑跳动的心脏，她深一脚浅一脚地继续前行。

“哧溜”，小腿边窜过一条蛇，她“啊呀”一声尖叫，又立刻将自己的嘴死死捂上，大口地喘息，心脏差点蹦出胸口。

猫身窝在草丛中，她喘了口气，然后下意识地从裤兜里掏出手机。

打给罗杰！

拨出号码刚要打过去，她蓦地停住了，觉得不能打。

手机！为什么他们捆绑了自己，却不没收她的手机？说不定这会儿正等着她打电话自投罗网。她脑子里立刻浮现出警匪片中，歹徒利用手机定位跟踪手机信号的镜头。她吓得攥紧手机，生怕被人发现。

转而又想，给公安打！歹徒知道她在哪儿，公安也就知道了。刚一思忖，旋即否定。她又想起了自己的照片，还有貌似“江姨”的签名。

她有一封保存多年的信，上边就有“江姨”的笔迹。很可能与自己的身世有关。为了弄清楚自己的身世，多少年来，她一直苦苦寻找蛛丝马迹。好不容易嗅得三分，岂能轻易撒手。

而且，她有种特别奇特的感觉，冥冥之中总觉得南溪岛上这个属于自己的老屋子，与自己的身世有着千丝万缕的联系。但究竟有什么玄机，尚不得而知。房子究竟是谁留给自己的，从没人告诉她。

养父是个老实木讷的老头儿，只是告诉她——这南溪岛上有所属于她的房子。谁给的？养父说有个人递给他张字条和房契，其他就一无所知。

她曾经无数次到房管局调查房主的名字，但房管局人员说，之前的房主资料，在房管局数次搬迁中丢失了，他们也正在一点点补充、完善。因为这已经是二十多年前的事情了，房管局的人员也换了一茬又一茬。

每次盯着房产证上“乔玲珑”三个字，她总有一种上当受骗的感觉。若按她的个性，一定会坚辞不受。可如今，原房主“查无此人”，拒绝成了奢望，只能“望证兴叹”。

可她深知，天上不会白白掉下一座房子，赠予她这栋房子，肯定另有蹊跷，她深信不疑。可是却理不出头绪，这是最苦恼的。

难道这一切都是“早有预谋”？莫非丁康给自己这个本子，是歹徒专门为自己设计的圈套？可我有什么值得他们觊觎的？不过一个普通的老师，歹徒图什么呢？我身上有什么油水可榨？碾一碾骨髓，也没有三两粉！

继续跑。

可凉鞋却不争气地断了后跟的一条襻儿，顾不上多想，她脱下鞋，光着脚走。疾行几步，发现不行，硌脚。于是又穿上鞋，用嘴咬开裙摆，“哧”的一声，撕下一圈布条儿，把凉鞋和脚绑在一起。

还好，她昨晚未来得及睡觉，还穿着这条裙子，不然，去哪儿找一根布条。

她觉得，现在最重要的，就是逃出这个罪恶的南溪岛，一切都等逃出去再说。

仰头看看天空，繁星闪烁，她仔细辨别，希望找到北斗星，好定一下方位。找来找去，发现根本看不出在哪里，索性作罢。

又走了十几步，一个趔趄，突然跌倒，乔玲珑差点哭出声来。她觉得自己好孤独好凄凉好懊悔。真不该前几天来这个南溪岛。如果不遇上丁康，一切都将安然无恙，都将无限美好。自己此刻也许正陪着几个可爱的学生，在江北中学的教室里，拿着画笔，涂涂抹抹，五彩世界跃然纸上。

油画世界里，完全没有这么多冷酷、凄清、折磨。

她太善良了，不想打电话，怕连累男朋友罗杰，更不会打电话给养父，怕他承受不住打击。打电话给公安局，是最可靠的，又怕连累了恩人。

或许是她太敏感了。

她决定打个电话试试，说不定一切都是自己猜疑导致的呢。

可摸出手机要打时，她却发现，手机没电了。

冷风袭来，吹在树枝上瑟瑟发响。远处，波涛拍打岩石的声音，似乎带着呼号，低沉得让人压抑，恐怖得让人胆寒。

继续逃。

前面出现一条小路。她趴在路边湿滑的草丛中，慢慢地伸出头，双眼圆睁，死死地盯住路的左右。确定没有人之后，她猛然跑到路上，朝前狂奔。一路跑一路扭头，警觉地观察着四周的动静。

气喘吁吁、体力不支，她弯下腰托着腹部，大声地喘息着。但还是不敢停下脚步，步履踉跄地朝前慢慢走……

她走着走着，恍惚间看见了一栋房子。乔玲珑眼前一亮，有救了，终于逃出了魔掌。有救了！

有些东西有些事情就是这么寸。等乔玲珑踉踉跄跄跑进这栋房子时，才发现原来绕来绕去还是绕回了自己的老屋。

看来绑架自己的地方距离老屋并不远。

本来应该惊喜，可此刻她觉得特别无助，要是有“别人”多好啊。哪怕是老弱妇孺也行，至少可以给自己壮壮胆。只要人一多，歹徒就不敢轻易下手。可此刻，她一个弱女子，面对的可是面目狰狞穷凶极恶的歹徒。而且最让人不寒而栗的是，若是再次被抓，歹徒会不会活撕了她！

本子！她脑子灵光一闪——对了，本子呢？

她这才担忧起来，自己拼死拼活要保住的本子究竟有没有被傅天南找到。她倏地又朝好处想，说不定这时候傅天南已经报警了。想到傅天南的出租车不在门口，她推测他也许逃出了这里，也许报警了。看来，自己只要藏好，用不了多久，警察就会开着红蓝灯交替闪烁、警笛呼啸的警车浩浩荡荡地奔来，就不用害怕了。

她忽然为自己刚才供出傅天南有点自责，是不是太自私了？可马上她就宽容了自己，当时的情景下，自己只是骗对方，不是良心上的“招供”。

不是叛徒！我不是叛徒！这是策略，策略！

本子呢？

她摸索着捡起一根木棍，窸窸窣窣地朝厨房走去。

借着影影绰绰的星光，她摸到了那个藏本子的案板，手一摸——谢天谢地！没有本子，肯定是傅天南拿到手了。这个人，还蛮机灵的。

当时歹徒用刀尖顶着自己的脖子，她灵机一动说出来的

“饿了就自己到厨房找点吃的”，他还真领悟了，这个当过兵的男人看来真的不简单哩。

就在她悄悄宽慰自己的时候，忽然听到两个男人在窃窃私语。

不好，有人来了。

她惊慌失措地想找个地方藏起来。一个活人，又不是一袋面粉，往哪儿藏？厨房就这么大地方，该往哪儿藏？

门外的人说话的声音像揉着塑料纸：“刚才明明一路追踪，这娘们儿一转眼就没影儿了？”

另一个声音反问：“你是不是眼睛看花了，她还敢回到这房子里来？”

“扯淡。就一个娘们儿，再说又长得那么……哈哈……我会看错？”

“还别说，这女人，小屁股蛮肉的嘛。”

“去，往哪儿摸呢？要摸摸你自己的屁股。”

“要不是麻秆哥拦着，我真想睡了这女人。”

“想好事吧，能轮上你？”

“轮不上我，能轮上你？”

“迟早都是麻秆哥的。”

“哎，”一个男人说，“整天在这破岛上，我裆里的家伙简直成了肉瘤子。好不容易逮着个女人，麻秆哥还故意让放了，真他娘的窝囊。”

“少说两句吧。等这批货走完，麻秆哥不是说好给咱找几个妞享受享受嘛。看你急的。”

两个人扫雷一般，在院子里扫来扫去。

乔玲珑听得心惊肉跳。刚才她还以为自己多勇敢多机智，以为自己是拼命逃出来的。尽管摩擦绳子磨破了手臂，她也不怕。可听他们的对话，明显是故意放她出来的。

躲在砧板架子下，听着踢踏踢踏的搜索声，她暗暗攥紧了手里的木棍——这次就是拼个鱼死网破，也不能被他们抓回去了。

可是心里这样想，身子却在瑟瑟发抖，牙齿也不由自主地抖动。此刻，她犹如泡在硫酸里，心理防线一点点被侵蚀。

乔玲珑痛苦地闭上双眼，深深地吸一口气。告诉自己，镇定，要镇定。她想着，男人找见自己猫在这个砧板底下，一定会低下头，那时候，“扑哧”一声，动作一定要快，下手一定要狠，位置一定要准，对着他的眼睛。趁歹徒捂着带血的眼珠子大声惨叫时，自己就猛然朝门外冲出去，给他们一个措手不及。

对，措手不及！

心念已定，身子却不争气，只管抖动，频率越来越快，幅度越来越大。牙齿还在哆嗦、打架……乔玲珑用双臂死死地抱住膝盖，蜷曲着身子，唯恐弄出半点声响来，惊扰了歹徒。

听脚步声，“踏踏踏”，他们朝着厨房走来了。她动了动，忽然感觉屁股底下有个饮料瓶。她悄悄拿起来，准备也一并当作武器。一手棍子一手饮料瓶。她用力将身子靠着墙壁。

墙壁动了。似乎是活动了一下。她愣了一下，真的动了！她差点跳出去，以为谁在身后动了自己一下。再试一下，确实是动了。轻轻一推，墙壁上竟然有个活动的洞口，乔玲珑来不及细想，窝着身子钻进了暗洞……

黢黑如墨，曲折弯转，洞里伸手不见五指，却很宽敞，差不多能站直身子。地面上时不时有积水，踩着水洼，也顾不上讲究了，乔玲珑朝着尽头钻去，朝着希望钻去，朝着生命钻去，朝着想象中的江北县中学，拼命钻去……

“战地记者”

乔玲珑在洞里向前钻的过程中，屋子里上午来的那两个人，却没了踪影。

两人原本没着没落地等待着，雾气氤氲、薄烟蒙蒙的整个上午，就坐在屋里看电视、聊天，谁也没有挪动半步。

丁康希望他苦熬死等的乔玲珑能够出现，这样他就可以拿走属于自己的那个本子。当时自己翻看过，里面肯定有秘密，不然也不会有人追杀自己。闲暇时间喜欢探险的他，总希望自己能发现宝藏。发财对他来说，意味着成功，也意味着翻牌。对于长期守着一副“烂牌”的男人，没有什么比缺钱更可怕了。钱永远是钱，可有了钱，自己就是“点钞机”——可以指点钞票，而不是被钱指点！

瞿楠，自由撰稿人，笔锋犀利如刀，切割文字如剔骨，擅长写纪实性报告文学。最近，她听说地沟油毒害人的事情后，就将精力转到了这件事上。为了摸清来龙去脉，她一步步追踪，跟随几个从饭店里收购泔水的三轮车上了南溪岛。为了吃清摸透，她才决定住下来卧底，于是就偶遇丁康。

肩负如此使命，她自然不能吐露自己的真实意图，以免暴露，坏了大事。所以，她尽量不提自己的职业，只说是旅游来的。仿佛这岛上的风景抹着蜜，不来闻两鼻子亏得慌。

两个人就这么有意无意、天南海北、装腔作势地谈论着，表面“饶有兴趣”，内里却毫无真心。

中午，丁康献殷勤地给瞿楠做了饭。午休半个小时后，相继出发。

下午，两个人各自活动，约定好晚上回到老屋。出发之前，两个人对视一眼，笑了笑。眼神里都装满了秘密，却都努力掩饰，装作平淡的样子。

但丁康没有回来。他知道，四天前，几个人拿着砍刀追杀自己，晚上是最凶险的时刻，千万不能回到老屋，所以，他住到了南溪岛的一个小旅馆里。

瞿楠也没有回来。她下午转悠一圈后，临近5点，被一通电话急追，乘车回到了江北县，然后又驱车去了50多公里外的西陆市。

西陆市有本杂志，叫《骤雨》，是本纯文学刊物。主编兼社长叫宁周元，对瞿楠的文章特别青睐。

瞿楠是从西陆大学中文系毕业的本科生，又是资深文学爱好者。一来二去，两人惺惺相惜，三十八岁单身的瞿楠，竟然成了五十三岁的宁周元的情人。

宁周元是个很有才气的男人，长得高大、清瘦，典型的学者气度，甚至儒雅得连胡子都透着文气儿。

记得刚开始投稿时，《骤雨》一直不采用自己的稿件，觉得自己写得颇有风格的瞿楠，去信“骂”了主编一通，发誓说——从此不给你们投稿了，厚此薄彼，厚名家薄新人，根本不配当自己心目中的优秀名刊。

这一骂骂醒了主编。宁周元亲自联系瞿楠，并且亲自看瞿楠的稿子，也亲自看了瞿楠这个美人……

瞿楠来到宁周元位于长江路的单元楼里，“笃笃”地轻轻敲门。宁周元早就在等她了。她推开门，像风一样扑了上去，如藤缠树一样钩牢他的细长脖子，小嘴儿像个吸盘一样，牢牢亲吻他的面颊。

“好了好了，淘气。”

“就要淘气，”瞿楠噘起嘴，“你也淘气一个给我看看。”

“别闹，我给你熬了养颜猪手汤。”

“不，先来一下。”

宁周元拗不过她，也回亲一下她的软腮。

“不够，干巴巴的。”

宁周元笑一下：“好好，湿润点，认真点。”于是抱着她，又补充一个努力的吻。

“敷衍。”瞿楠把脚上的皮鞋踢飞，光脚踩在地板上。

“姑奶奶，也不怕凉了脚心。”宁周元急忙拿过拖鞋，一只一只给瞿楠套上。瞿楠趴在他背上，拄着双肘托着腮呢喃着说：“宁周元，我离不开你。”

“没说让你离开我呀，我们这不是在一起吗?”

“我一刻也不想离开你。一分钟、一秒钟也不行。”

“好好，那就不离开。”宁周元从沙发上站起来，半弯着腰，食指点一下瞿楠鼻尖。轻轻的，柔柔的，生怕碰破鼻子一样。

“看看，”瞿楠探着身子，从包里掏出手稿，“我一周暗访了三十多个销售摊点，定会让你大吃一惊。”

“我看看，真是难为你了。”说话间，宁周元伸手来拿稿子。

“没劲，就知道看稿，一点都不关心人家。”瞿楠赌气把草稿扔给宁周元，懒懒地一屁股坐在沙发上，拿起遥控器“校场点兵”般换台。

宁周元讪笑一下，但还是浏览了一遍草稿，确实触目惊心。他痛恨地说一声：“看这些人做的好事，可恶!”

瞿楠一语不发，病狗一样地耷拉着头。

宁周元从厨房里端出一个瓷盅，蹲在她面前，说：“来，喝点汤，补养补养俺家宝贝。”瞿楠斜觑他一眼，无声地张开嘴。

宁周元拿起汤勺，说：“来，吃一口。”瞿楠一骨碌爬起来，将双腿横放在宁周元膝盖上，两只脚像两盏灯，左右摇摆，似一闪一灭。宁周元不敢细看，这玲珑双足，晃眼，晃心。他调匀气息，稳稳地，一勺一勺喂汤。

“宁周元，我们结婚吧。”瞿楠说。

宁周元说：“可以啊。只要你不怕读者说你是凭关系发稿。”

“那我以后就不写稿，在家做家庭主妇。”

“可惜了，中国少了一位美女作家。”宁周元连连叹气，摇头道：“况且，你会做饭吗？肯做饭吗？每天被油烟熏，还不得皱纹满面，牙齿脱落，面如干萝卜……”

“我有你啊，笨蛋。有你我就什么都不缺。你总不会是嫌弃我，不肯给我做饭吃了吧。”被骂“笨蛋”，心里也是甜蜜的，没办法，谁叫自己喜欢她，宁周元幸福地笑。

“我们年龄差这么多，你不怕别人说？”

“废话，我有什么好怕的。你单身，我也单身。又不是要流氓。”

“流氓，”宁周元涎笑，“我就要当流氓。”说话间，宁周元将碗扔在茶几上，用身子压住瞿楠，沙发深深一陷……

瞿楠发出心扉深处的一声声喘息，不停地说：“宁周元，我们结婚吧，我不想这样了。”

宁周元连连点头应承。

宁周元实在想不通，一个年近四十岁的女人，竟然还会如此调皮撒娇……一出这个屋子，瞿楠就会是冷峻、艳丽的美少妇，很少与一般人搭腔，一副沧桑遍尝、百毒不侵的模样。

如此火热与冰冷集于一身的矛盾体，“嫩”与“硬”的结合体，竟然能融合、隐藏得如此完美，了无痕迹，匪夷所思。但令他难以抗拒的是，瞿楠给予他的小鸟依人般的被倚靠感，极大限度地满足了他的虚荣心，让他陡生非洲雄狮的雄性占有欲。

温柔地折磨男人，是女人撒娇惯用的手段。男人都心知肚明，却次次被“温柔箭”射中。明知是陷阱，也乐意跳下去。所以，感情面前，所有的障碍总是显得微不足道。无关年龄，无关道德，无关一切，总之，无关其他。感情，就是两个人的事，就是你情我愿。

瞿楠对宁周元的依赖，不完全是因为文学，还另有原因。像她这样的美女，最开始是一日一日地骄傲，进而生气男人胆小，不敢对她动手；再次便是生气、懊恼、赌气；最后落得厌倦、失望、颓废。

可即使这样，出门在外，她依旧摆出一副高高在上的姿态，让人愈加不敢靠近。同龄男人们渐渐识趣，敬而远之，她渐渐失去耐性，懒得周旋，懒得掩饰，对男人只剩下唾弃和鄙夷。

宁周元却是个例外。虽然他的年龄超出了自己的择偶范围，但他对“美人”毫无敬畏感，让她顿时觉得受挫，这才赌气给他写信，骂杂志，其实是骂他。本想着一骂了断这场孽缘，谁知柳暗花明，偏偏骂过之后，他主动联系她，道歉似的刊登稿子不说，还殷勤地请吃请喝。

像她这样的美女作家，在投稿受挫的情况下，忽然“不因美丽”而因“文字之美”受到如此隆重的招待，几十年的坚守，终在他的全力攻击下，情感之墙轰然倒塌，甘愿被俘。

宁周元俘获她的芳心，靠的是文字为媒。他以资深文学大师的身份，悉心传授写作心得，又“毫无歹意”，让她觉得这种男性之美的博大与旷达，如此迷人，才主动频送暖昧。总算他也懂得，一来二去，陷入“老少恋”。

一周后，《骤雨》杂志刊登出题为《醇香味道　无形杀手》的长篇纪实连载报告文学。作者瞿楠用大量的科学论据和事实，阐述并揭露出老百姓食用油存在的安全隐患和危险，并且初步报道出了地沟油的原料源头是饭店等弃之不用的泔水，让读者读后义愤填膺。一时间，《骤雨》杂志洛阳纸贵，读者纷纷抢购，多次加印。

瞿楠在揭露地沟油之害后，还在报道中写道：

> 每年，中国返回餐桌的地沟油有200万到300万吨。而中国人一年的动、植物油消费总量大约是2250万吨——也就是说，按照比例，你吃10顿饭，可能有1顿碰上的就是地沟油。

这让西陆市的百姓谈油色变，纷纷举起自己家厨房的油桶，一次又一次像机场安检人员一样盯着细看，再问家人：“咱的色泽这么清，不是吧？不该是吧？不会是吧？”

读者强烈期待瞿楠在“待续”中，能够深入地为大家揭露生产窝点，并且将其曝光于大庭广众之下，接受人民的拷问！

宁周元还组织社里进行了大规模的讨论，讨论这篇报道引起的社会轰动效应；组织研讨会，让专家学者对瞿楠这种“战地记者”式的纪实报告文学手法和探索精神给予肯定等。

总之，大家期待着瞿楠能在后续的报道中揭露更加震撼人心的东西。

瞿楠当然不会放过这次机会。她又悄悄上了南溪岛。

上岛之前，瞿楠说：“我总感觉，这些人不仅仅生产地沟油。”

宁周元问：“哦？你还发现了什么？”

瞿楠说：“目前还没新发现，但我有一种直觉。”

宁周元说：“很多时候，直觉往往是对的，一定不能掉以轻心。”

瞿楠问：“这么做，会不会让政府不满意？”

宁周元说：“不会的。我们采写这样的报道，正是为了弘扬正气，弘扬主旋律，政府怎么会反对呢？”

瞿楠说：“我还是有点担心，怕给你惹事。”

宁周元说：“你放手干！如果有人对我们横加干涉，我会顶住一切压力，全力支持你！相信市民们也会大力支持你的！”

瞿楠说：“有你的支持，我一定拼尽全力，让这些犯罪分子无处遁形。”

宁周元说：“目前，你掌握的只是地沟油的危害，还没有找到源头，要继续努力，争取早日挖出幕后的凶手来。”

瞿楠说：“你还别说，虽然目前没这方面的进展，可我总感觉，摸着门道了。”

宁周元问：“什么门道？”

瞿楠说：“我前两天在岛上，遇到一个叫丁康的人，总感觉怪怪的。”

宁周元问：“你感觉他知道什么？”

瞿楠说：“是的，他一定不是来旅游的，尽管他装得很像，但据我观察，绝不是！”

宁周元说：“那就顺藤摸瓜。不过有一点你要答应我，注意安全。这样，我们每天保持通话，有什么新情况，你及时汇报给我。”

瞿楠乖巧地点点头，问：“你说，犯罪分子，图什么？”

“还不是为了钱！”

瞿楠摇头，说：“我总感觉，好像不仅如此。”

宁周元问：“你怎么会有这样的想法？”

瞿楠说：“我也说不好，就是一种感觉。对了，我们这样刊登出来，是不是打草惊蛇了？”

宁周元说：“怕什么！就是要让蛇出洞，才能抓住它的七寸。”

瞿楠问：“宁周元，你说，就凭你我两个人，能斗过这些穷凶极恶的歹徒？”

宁周元说："我不是告诉你了吗，不是我们两个，西陆市三百万人民，都是我们的坚强后盾。你放手去做，凡事有我呢……"

"不对，咱一刊登，他们停手了，岂不前功尽弃?"瞿楠说，"我就说让你停一停刊登，你非不听，现在被动了吧?"

宁周元说："何谓'敲山震虎'？如果没有我们这一声响亮的敲，只怕'虎'永远不会出来！别怕，这是一种策略，你听我的没错。"

瞿楠问："假如，我是说万一，我后续采写不到内幕，怎么办?"

宁周元鼓励道："会的，你一定会的，我有信心。"

"万一呢?"

"没有万一!"

瞿楠跳起来，钩住宁周元的脖子，深深一个吻，泪花闪烁地说："你怎么能这样？别为了保护我，毁了一个杂志。"

"我的女人，我当然要保护！不然还算什么男人!"宁周元说，"而且，我更希望能进行这种精神上的深度挖掘，不但要写出内幕，更要将人性的'恶'挖出来，在阳光下暴晒！这才是我们采写这篇报道的最终目的!"

瞿楠深情地望着他：她太喜欢这个男人了！在他儒雅外表的背后，竟然蕴藏着这样澎湃的力量，她有什么理由不爱他……

义无反顾，上岛！为了真相，为了人民健康，还为了爱情！

夺路狂奔

乔玲珑钻暗洞的时候，傅天南正被两个歹徒押着，来到了乔玲珑头顶上的老屋。

傅天南穿的还是被抓走时的黄色T恤衫、浅蓝色牛仔裤。裤子此时已经脏兮兮的，有尿的味道。

来老屋之前，傅天南强烈抗议，饱饱地吃了一顿。他觉得，要想摆脱这两个人，必须身上有劲儿才行。满满三碗面，硬是吃了下去。

跟随这两个人往老屋走的时候，傅天南做好了准备，想寻找良机，趁机跑出去。但究竟如何跑出去，他还没有设计好，只能见机行事。

晚风凉，道路窄，竹林沙沙响，这一切都让傅天南的心无处安放。他一边走一边开始后悔，自己真不该拍摄什么破录像，如果没有这个爱好，根本看不见乔玲珑被抢。看不见她被抢，也就不会卷入这场无厘头的旋涡中。懊恼一阵阵涌上心头。

可看见左右一高一矮两个歹徒，他又恨之入骨。傅天南骨子里爱管闲事的那股劲儿再次冒出来——老子就是要管管这帮孙子，不能让他们再害人了。

到老屋的路不远，不一会儿就进了院子。

傅天南看了看堂屋，门关着。他心里一动，难道我被抓后又有人来过？我走的时候记得堂屋门是开着的呀。还有，我的出租车被这帮人弄到哪儿藏起来了？公司里两天不见我人影，肯定也在四处找吧。只要有人找，被救的可能性就能增加一分。

两个歹徒一左一右跟着他，催促道：“别耍什么花招，赶紧的，把东西拿出来就放你。”

傅天南眼珠子狡黠地一转，引着他们来到堂屋，指着角落里的一个柜子说：“在柜子最下边，自己动手找吧。”

高个子看看他，又看看矮个子，狐疑地蹲下来，打开柜门。柜子里全是衣服，女人衣服。他贪婪地用鼻子闻了闻，脸上露出一丝狞笑。翻来翻去，没有。高个子抬起头问：“小子，你耍我们哥俩呢吧?”

傅天南摇摇头，说：“一棍子砸蒙了，让我好好想想。”

矮个子踢他一脚：“少他娘的装蒜，你藏的你不知道啊?”

傅天南说：“你说错了。不是我藏的，是那个女人藏的，我看见了。”

“女人都交代了，她把东西都给你了，别当我们是傻子。”

傅天南装作若有所思地说：“要不再到别处看看，我也记不太清楚了。”他引着他们来到南屋外间，转悠一圈说：“不对，不是这间屋。”

这间屋尽管光线很差，但傅天南借着微弱的星光仍然看到墙角香案下的砖还在，心“扑通”一下落到肚里——那底下是他夜晚挖好的一个小坑，坑里放着用塑料袋严严实实包裹着的摄像机。

机器还在，就算给了他们本子，凭这个视频资料，自己和警方也一定能挖出这个犯罪团伙。他心中暗喜。

想到这里，傅天南决定将本子交出去，暂时先稳住这两个人。自已瞅准机会，回到江北县，找到那个抢本子的小伙子，还有希望。可旋即想，这两个人真会放他走？傅天南灵机一动，转回身说：“两位兄弟，谈个条件。”

矮个子恶狠狠地说：“有屁就放。”

“你给我松绑，我告诉你们本子在哪儿。”

“想得美。”矮个子看看身高接近一米八的傅天南说。

傅天南脖子一梗：“那我就不说。反正你们找不到本子，回去你们老板也不会满意。”

“老子废了你，信不信？”高个子拿起手里的刀逼到傅天南脖子上，“你现在在我们手上，还讲什么条件？”

寒光闪烁，傅天南却毫不畏惧，他胸有成竹地哈哈一笑，说：“你不敢。杀了我，你回去没法跟老板交代，你也会被收拾的。”

高个子咬一下牙，刀光一闪，“扑哧”一声用刀在傅天南肩头划开一个口子。

“啊呀”一声，傅天南怒气冲天，抬起一脚，猛然一踹，高个子捂着腹部蹲下来。矮个子抄起一把椅子，照头就砸过来，嘴里骂骂咧咧：“你小子他娘的真不要狗命了?”

傅天南看着从地下直起身来的高个子说：“不是说好了，我不管你们的事，给你们本子就放我走吗？兄弟，你们两个动脑子想想，现在最重要的是找到笔记本，你们才好向老板交差。我跑了，有家有姓的，还怕找不到我?”

“你是想报警吧?”

傅天南说：“我报哪门子警啊，本来这就不关我的事，报了警，我不是自找麻烦吗?”

高个子这时醒悟过来，说：“看来你是铁了心不说了，剁了你个龟孙。”说着举刀又要砍来。

看着寒光闪闪的砍刀逼近过来，傅天南高喊：“找，我给你们找。在厨房!”

一嗓子喊出来，高个子和矮个子都嘻嘻笑了：“早这么听话，还至于受刑?”

三个人朝厨房走去。

一进门，傅天南直直地站在门口，朝那个乔玲珑藏本子的砧板一努嘴，说：“板子底下。”他的眼神却朝着砧板架子下瞄去——不好，瓶子不见了！看来有人进过这间屋，但一定不是这帮人。要是他们，也不用留他这个累赘了。

高个子迅速掀开板子，没有。

傅天南斩钉截铁地说：“再找找，就在那儿，我绝不敢骗你了。”

矮个子也紧紧盯着板子看。

说时迟那时快，傅天南用自己的身高优势，低下头朝着矮个子的头猛然一碰，“咚”的一声，矮个子应声倒地。高个子刚反应过来，傅天南就朝他裆部猛踢一脚，夺路而逃。

出来院门，他撒开脚丫子一路狂奔。

他朝着大路跑了一阵后，就朝阴森森的茂密深林钻去，如一条蛇，弯弯曲曲前进着。

林深、路滑、风冷、坑多，但都阻挡不住他逃命的脚步。傅天南此刻心里明朗极了，一丝恐惧也没有，他脑子里几乎一片空白，什么也不想，只顾着逃命。他知道，这回再被逮回去，必死无疑。

贼的发财梦

江北县环南路“e 动时刻”网咖的角落里，杨存凯正在论坛上发帖子。

这个十九岁的年轻人，整天游手好闲，无所事事。“缺钱”公司总经理，是他目前人生名片上最称职的职务。

杨存凯是家中的独子，而且原本学习成绩也一直很好，他的母亲曾经将他当夜明珠一样在邻居面前炫耀。那时的他确实争气，每次考试都是班里一二名，也让他的母亲有了炫耀的本钱。

那时北大、清华等名校，似乎对杨存凯来说就如囊中之物，他一直憧憬着，考上名校然后出国留学。他的眼里，装满了世界。

可这一切，都因他的一次叛逆彻底毁灭了。其实说起来这并不完全是杨存凯的缘故。只因为一次考试前，杨存凯看了一轮 NBA（美国男子职业篮球联赛）的比赛，导致成绩下滑非常厉害，就被他的老师当着全班同学的面揶揄，甚至讽刺挖苦，最终导致杨存凯失望之极、自暴自弃。

当时老师说：“看看杨存凯同学，多光荣，一下就能下滑十五名。这说明什么？说明他认为自己脑筋好，别的同学都赶不上他。”老师看杨存凯没有还口，就更加刻薄地说：“黑发不知勤学早。少壮不努力，老大徒伤悲。和你说过多少次，杨存凯，你老是记不住。你老是觉得全天下就你最牛，你一直把我的话当成耳旁风，现在好了吧，傻了吧。要知道，高中阶段是你们人生最关键的阶段，每一次失误都可能导致一生的遗憾。‘成绩成绩，学生的命根。’没有成绩，一切都是零蛋。”

其实杨存凯本来心里也已经有些后悔了，但听到老师如此说，他的叛逆心理开始作祟，一方面因为老师的刻薄，另一方面更是因为老师竟然还小题大做地叫来了他的妈妈。

杨存凯的母亲为了他上学，甚至把工作都辞掉了，只为一心一意守护儿子，每天为他精心调配营养食谱。她一心希望通过自己的儿子，来实现她出人头地的梦想。

这件事伤透了他母亲的心。从学校将杨存凯领回家后，他母亲栽倒在床，失声痛哭，自己捶打着自己的头，狠狠地一缕缕揪着自己的头发。杨存凯本来想劝母亲，可是他母亲却在辞掉工作后第一次对杨存凯动粗，抓起一把量尺将杨存凯的胳膊都打肿了。

老师的刻薄、母亲的失望和暴怒，让杨存凯本就压抑的心蠢蠢欲动，最终他一气之下离家出走了。他原本以为离家出走后自己会很轻松，哪想到从来没出过门的他，一时间茫然失措，不知该何去何从。

他本想用自己的双手养活自己，于是用手里的钱租了房子，然后打算找个工作，却发现自己根本无法找到自己的位置。他从小到大虽然成绩优秀，却没有交心朋友，也缺乏与人相处的能力，最终被一个个老板拒之门外，心里的优越感被彻底击溃了。

百无聊赖、有些自暴自弃的杨存凯，只能依靠没日没夜地泡网吧打发光阴。直到他将手头的钱花得差不多了，才想到自己连活命的基础——吃饭都无法轻易做到。实在饿到无法忍受了，杨存凯开始铤而走险。

那天在小巷里，杨存凯遇到了乔玲珑，他看到乔玲珑单独走在路上，又想到自己口袋里一分钱也没有了，于是实施了抢劫。事后，杨存凯躲在出租房里，几天没敢出门，生怕警察找到他，可结果是平安无事。于是他的胆子开始大起来。

杨存凯本来只想劫点钱花，所以在夺了乔玲珑的笔记本后，准备随手扔掉，可胡乱翻了一两页，发现有点意思，于是急急忙忙回到自己租住的小屋子里，认认真真地看了一遍。

看完后，他愣住了——这是个犯罪团伙的流水账。明白这点后，他惊得一下瘫倒在床上。这可是要命的东西！他一骨碌从床上爬起来，准备找个地方销毁，他才懒得管这事。

但他心里总是隐隐有种顾虑，刚才那个出租车司机看见自己的面孔没有？万一歹徒找上门来，又没有了笔记本，可咋办？慌张、担忧、恐惧，一起袭来，让他愁眉不展。

他哆嗦着叼起一支烟，深吸两口，烟从鼻孔里钻出来时，心情略有好转。

大不了谁要给谁，我反正不招谁惹谁，谁爱要谁要！以不变应万变。他打定了主意。

迷迷糊糊睡了半个下午，饥肠辘辘的杨存凯被饿醒了。看看方便面箱子里残存的碎砖头一样的面块，他的胃一阵阵泛酸。整天吃这个，越吃越恶心。

唉，看来真得找点事做做了。

手无意间碰到了笔记本，他眨巴眨巴眼睛，一拍大腿：这是个发财机会呀！对，寻找买家，谁出价高就卖给谁。然后，拿着钱，远走高飞。想找大爷我，门儿都没有。

干啃了一包面后，他凑凑身上的钱，又上公交车上偷了点钱，这才找到网咖，捋起裤腿，叼上烟，坐下来，优哉游哉地开始在“江北论坛”里发帖——“高价出售，绝密档案”。

这家“e动时刻”网咖，杨存凯是第一次来。今天，他觉得有必要犒劳一下自己，毕竟，马上就要进入中产阶级了。这样的网咖，在江北县只有两三家。他平时只是路过，不敢踏入。他知道自己几斤几两，兜里没有几毛钱。作为一个小毛贼，他还是有自知之明的，他奢侈不起。

但今天，一切都要不同了。很快，他就会凭借这本“绝密档案”，成为有钱有闲一族。所以，他必须提前进入状态，奢侈一把，体验一把。

之前上网，他熟悉的网吧简直是“非主流”和“杀马特家族”的集中营。烟雾缭绕，乌烟瘴气。染着赤橙黄绿青蓝紫头发的少年，留着各种突破重力学规律的“刺猬头”，挂铁链穿体环，满身山寨奢侈品 LOGO，马不停蹄地挑战着大家的审美神经。

他今天待着的网咖是最近兴起的，俗称“网络咖啡厅”。所以，他特意叫了杯咖啡。网咖里玩，要的就是这种气氛，不喝咖啡，还叫什么网咖。

杨存凯坐在“蜗牛生活馆”里，举目四望，浓浓的澳洲风情，真皮沙发，旁边是清吧、书店、餐厅、私人影院等娱乐设施。工业风的酒架，岩石水吧台，金属高脚椅，复古置物架搭配每一张都不一样的订制餐椅。

惬意！

很快，有人就回帖揶揄——这年头，人猪大战，猪肯定赢。人真是想钱想疯了，绝密的东西你个流浪公子能得到？

他看了看自己的“马甲”，应该没人认识啊，这是个新名字。看来对方是胡乱说的，就回帖：用后脑勺一想，也知你是个穷鬼，本爷让你开开眼。

然后，他掏出笔记本，摘录了一段话：

> 2013 年 8 月 8 日：今天不太顺利。老板骂，出货 150 斤。螺丝病了，高烧。饭猪前天烤羊肉刀伤了手。昨天又砍死一个老头，干活的今天只有三个人。明天要加紧进度了。

很快，有人开玩笑跟帖——江北要出作家了！写得不赖，构思还行。

有人回帖："螺丝"？是人是物？绰号吧？"饭猪"是绰号，肯定的！

有人回帖：崇拜！无限崇拜！

杨存凯回帖：信不信由你们！真人不说假话。

有人回帖：索价几何？

杨存凯回帖：上万！

有人回帖：哈哈，我要笑掉眉毛了，这么绝密的档案，"万"这个单位肯定是不行了，要用"亿"哦！

杨存凯没有料到，这年月，看热闹的不嫌事大，他有点失落。本想着一劳永逸，用这绝密的东西换取金钱，谁知全是"打酱油"的。

还有人在不断回帖。

看不下去了，真是一句也看不下去了。

杨存凯义愤填膺，回帖：我真有货，是个笔记本，有兴趣的跟帖。非诚勿扰。

果断敲下回车键，关了网页，开始转入“三国杀”中，化身赵子龙，刀枪酣畅……

今日不得欢畅，总是眼快手慢。心里烦闷，杨存凯慢慢站起来，四处走动。

网咖里的免费书吧，绝对是特有的一块与世隔绝的地盘。慵懒地窝在懒人沙发中，安安静静地读一本书。手捧一杯暖暖的热茶，看着一窗之隔喧闹的街道，尽情发呆。投射在墙壁上的树影，随着时间流逝缓缓移动着。这就是喧闹中的静谧，城市里的乡村。

书，对于他来说，已经非常久远、古老、生疏了。可今日，他坐在书吧里，竟然真地静下心来，读完了一本杂志。

连他自己也吓住了，惊呆了。

走出网咖的一瞬间，他看到了吧台服务员，白衬衫，系蝴蝶结，配黑西裤，彬彬有礼，简直是私人豪宅的享受……

一定要卖出去！卖出去！卖个好价钱！

杨存凯躺在自己蜗居的床上，嘴里呢喃着，眼睛望着天花板，憧憬着美好的明天早日来到。

一切，全看笔记本了！

第二章　旋涡

归家

傅天南躺在潮湿的草窝中，不停地摩擦一块石头，速度很快。他要把捆住自己双手的绳子磨断。

天色已经发亮，天空像个倒扣的大塑料盆。听着远处一阵一阵翻滚的涌潮，傅天南不敢有丝毫懈怠，不停地将绳子在石头上摩擦。

时间不长，绳子松了。

活动着麻木的双手，动了动被高个子扎伤的肩头，他疼得龇了一下牙。他轻轻揉了揉，浑身上下有好几处被打伤，左肋骨也隐隐作痛。但傅天南顾不上这些，他认真想了想，此时如果逃出去，那帮人肯定在瞪着电灯泡一样的眼睛寻找自己，并且绝不会放过他。

此外，他也知道，出这个南溪岛，只有一条路——南溪桥。这点相信歹徒比自己更清楚。

看来，大白天是不太可靠了。只有和他们耗下去，等待夜幕降临。好不容易逃出来，可千万要谨慎，第一次被抓属于自己粗心，第二次再被抓回去可就真有点傻了。于是，他决定以逸待劳，今天一天不出动，等这帮孙子懈怠了，放松警惕了，再跑。又或者，歹徒们误以为他已经逃出这个岛，早已不在岛上了。一切等晚上吧……

想好以后，他找了个靠近山顶、林深树多的地方，薅了一大堆树枝和野草，伪装起来，搭在身上，钻到一块石头底下，先睡一觉养精蓄锐。两天了，眼皮像生锈的铁合页，沉重得再也打不开。

一轮红日从东方升起，这天是个大晴天。

中午时分，傅天南醒来一次，依稀听到了鸟儿的鸣叫。他恍惚觉得自己又回到了平淡的生活当中，人间竟然无限美好。

他想起了妻子王梅荣，这个平日里有点势利的女人，总是埋怨他挣不到大钱，唠唠叨叨，把清晨和夜晚都吵闹得一团糟。掀开锅盖，打开抽屉，里面全是王梅荣唠叨的影子，烦透了。

这两天自己不在家，她应该轻松了吧。可马上傅天南就不争气地想念起她的好来，觉得唠叨也是一种美德。为了这个家，她也是太急促了。总是希望他和别的男人一样，能给她豪华的房子，满足她强烈的虚荣心。

这有什么错！再说，她也算是个贤惠的女人，别看整天唠叨个不停，可对他傅天南那绝对是忠心耿耿、贤惠体贴、悉心伺候。家里满满一筐鸡蛋，王梅荣总是给儿子煮一个，给他煮一个，自己从来不舍得吃。

如今都什么年代了，小康社会了，可这个工人出身的小女人，就是这么传统地坚持着自己的观念，用无声的行动每天上演着“人间柔情剧”。

说来说去，还是自己不争气。

还有儿子傅大伟，提起这个上初三的家伙就头疼。一个月总有三次，他要被老师喊到学校去给他擦屁股。惹事精！刚转班时，第三天，就骑在同学脖子上，抡起拳头，“咣咣”地砸下去，嘴里还一个劲儿骂：“让你看不起我，让你说我的汗衫劣质。”

最可气的那一次，傅大伟还上了报纸。当地的《西陆晚报》上，儿子的“光辉”形象真是大图片新闻啊——他正趴在墙头上，举起个食指问鼎青天！你说，放着好好的校门你不走，偏偏要爬墙头。

但这时一股心酸涌上来，他想儿子了。尽管只有两天时间，儿子大伟天不怕地不怕的样子，厚厚的嘴唇、像两个玻璃球洞的鼻孔、宽而扁的额头，这一切都出现在面前，挥之不去。

还有母亲傅江雪。母亲是最辛劳的人，父亲早早就去世了，是母亲一个人含辛茹苦将他养大。他从小到大最佩服的人就是母亲，靠着缝衣服的手艺，一毛两毛地赚辛苦钱，硬是将他拉扯大，娶了媳妇，生了儿子。

自己两天不见人影，老母亲一定很揪心。想到这儿，傅天南不争气地流下了眼泪。今晚一定要回家！不能让老娘担心，傅天南发誓。

傅天南又想起自己的出租车，丢了车，公司会扣钱的。车钱虽说稀松，可对于他这个普通家庭来说，几万块也不是小数目。

管他呢，明天，明天我带着警方到老屋把摄像机一拿，天大的事情都说清楚了。又想着，自己藏起来的“营养快线”瓶子不见了。究竟是白天闲逛的人把瓶子捡走了还是另有他人？有一点可以肯定，乔玲珑是绝对没有拿到，否则这帮人也不会死乞白赖地朝自己下狠手索要了。

会不会乔玲珑也逃脱了？

他摇头否定，不可能，绝不可能！我这么费事才九死一生逃脱，她是肯定逃不脱魔掌的。一想起歹徒对他用刑，就又想到乔玲珑那瘦弱的身子骨，多柔弱的一个女人啊，能受得了他们的折磨？他甚至想站起来就走，大白天怕什么，邪不压正。再说岛上毕竟还有观光的人，说不定歹徒也料到他不敢白天行动，放松警惕呢。

刚要挪动身子，又觉得不妥，还是稳当点好，反正也不在乎这半天时间。所有的事情，明天就都云开雾散、拨云见日了。一想到这里，他的眉头渐渐舒展。

虽然还不知道关押自己的黑屋子究竟在什么地方，但一定距此不远。尽管他们是蒙着他的眼睛出的黑屋子，但步数他精心算过了，一千五百多步，也就顶多两里地。对，老屋周围两里地范围内，一定能找到这个窝点。

晚上回家的路，顺利得超乎想象。桥墩沉静如老僧入定，太过顺利反而令人烦躁不安。

顺利得都有些荒唐。傅天南蹲在距离南溪桥一里地的地方盯着黑暗处观察了十几分钟，愣是没看出有什么异常。为稳妥起见，他还是熬到了九点多钟，才心急如焚却又疑虑丛生地顺着南溪桥一路小跑，直到在路上搭上一辆车，这才穿着破烂不堪、脏兮兮的衣服回到了家中。

一进家，他没有喊叫。屋里还亮着灯。站在窗下，他看到母亲正盯着电视发呆。细细一看，电视根本就没有开。

他悄悄推开屋门。母亲一眼看见他，诧异得不知所措，说："天南，这两天你跑哪儿去了？你不是出车祸了吗？"傅江雪面容清瘦，眼神烁烁。

"我出什么车祸了？您听谁说的？"傅天南奇怪地问。

"没有就好，没有就好。你饿了吧？娘给你热点饭去。"

转一圈儿，傅天南没有看到王梅荣和儿子傅大伟，就问："大伟娘儿俩呢？"

傅江雪这才说:“三点多钟,来了两个人,说是你在西陆出车祸了,让他们去医院看你。”

坏了!傅天南的心“咯噔”一下,双脚踩空的感觉,急问中带着埋怨:“什么人?几个人?您怎么就随便让他们去呢?”

傅江雪愣怔在当屋,说:“咋了?你没出车祸,他们去一趟医院看不见你,不就又回来了吗?也许是弄错了。”

“嗨,错到南溪江去了。对了,您咋没去?”傅天南知道,母亲得知自己出车祸应该第一个要去啊。

“梅荣不让我去,说是给你公司打电话了,让我在家等公司送钱来。你看,我这也是心里急慌慌的,可算是见到你了。你说,这两天你去哪儿了,也不给家里回个电话?是遇到啥事了?”

母亲一焦急,反倒让傅天南瞬间冷静下来。六十多岁的母亲,显然也帮不上什么忙,不能再让她担心了,就扯个谎说:“没什么,您赶紧给我弄点吃的,我找他们娘儿俩去。”母亲刚刚走到厨房,傅天南眼前就是一黑。

“轰”的一声,他脑子似炸裂一道缝隙。他狠狠地捶自己脑袋两拳头,暗骂:我真是混蛋。白天像个狗一样躲在草窝里,现在好了!——他们娘儿俩被绑架了!他拿起电话,毫不犹豫就报了警。

他趁机换了件衣服,一身迷彩。他特别喜欢军装,转业多年依旧爱穿绿色的军装,走路依旧是标准的军姿。好军人一生是军人。傅天南觉得,“从过军”和“从了军”是两个概念。

换好衣服后，母亲已经端上来一碗手擀面。

他此刻虽然因为担心，已经感觉不到饿，但还是强迫自己吃面。他知道，接下来的事情，可能需要耗费自己很大的精力，真不知道这帮人会如何处置妻子和儿子。

边吃面，傅天南边说："妈，一会儿我把您送到乡下我二姨家住几天。"

"好好的，我去你二姨家干什么？不去。"

"您就先躲几天，当是散心了。"

"躲？"傅江雪高声叱问，"天南，你说，你是不是做下什么见不得人的事了？我躲什么？"

"没有没有。哎呀，一时半会儿也跟您说不清楚。但我保证，我绝对没做什么坏事。"

傅江雪知道自己的儿子，就说："是又见义勇为，让恶人缠上了？"几年前，他曾经因为见义勇为，把一个老人送到医院，结果被其家人讹诈，还住了十多天拘留所。好在最后证实是误解，《西陆晚报》曾多天跟踪报道此事。

傅天南摇头，说："不是，这次严重得多，所以您必须听我劝，暂时先躲一躲。"他不敢告诉母亲已经报警了，更不敢说出妻子和儿子被绑架的事实，怕心脏不好的母亲受不了这个猝然的打击。

傅江雪是个坚强的女人，见过的事情多了，性格异常倔强，说："我哪儿也不去，放着好好的家不住，去别人家。我就在家待着，看谁敢怎么样？"她拍了拍胸脯。

傅天南已经吃完了面，却心急如焚。他不知道该如何跟母亲解释，就敷衍母亲说：“明天，我跟您仔细解释，您今晚就打车到我二姨家。妈，我求您。”

“不去。”

“妈，您就听我一次，真的很严重。”

“那你倒是说清楚啊。”

“扑通”一声，傅天南双膝跪地，喊道：“妈，我求您了。听我的吧，儿怕连累了您。”

傅江雪双眼蒙眬，立时泪如泉涌，往起拉儿子，豪气十足地说：“你不说，我就不去。起来，男人下跪，最没出息，软骨头！”

傅天南摇着头，哭着说：“妈，您要是不去，只怕您儿媳妇和孙子的命就没了。听儿子一句话，去躲躲吧。我是真的摊上大事了。这两天，我被一帮贼人盯上了，刚刚，就在我九死一生从贼窝里夺命逃出来时，我想通了一件事。这个家，没有王梅荣，傅大伟就会没有妈妈；这个家，没有傅大伟，您就会没有亲爱的孙子；这个家没有您，就再也不是家了！从小到大，我从来不敢违背您的命令。但这次，真是不一样。如果我不豁出去拼一把，只怕我们这个家就真的荡然无存了。我记得您一直教育我，做人要正直，做男人要顶天立地。但我以前确实只想做个小人物，有个温暖的家，有个疼我的妈，有个健健康康的儿子，有个能照顾我吃饭睡觉的老婆就足够了。我这两天好几次差点丢了性命，我才想通了，你们三个，一个都不能少。少了你们，这个家还叫个家吗？我还有什么脸面活在这个世上！妈，您总是那么坚强。我承认，为了抚养我，为了让我们孤儿寡母不被人看不起，您一生都在争一口气。您活得比个男人都累。您虽然是个女人，但我一直都觉得，有您这个娘，我就有一副铮铮铁骨，我什么也不怕。王梅荣整天唠叨我不会养家不知道挣钱，您也早已有点烦她。您不愿意她把儿子埋汰得这么窝囊。可您想过吗？凡事都有您在后面撑着，我何必费这个事。”

“就是我想操心，这个家，也轮不上我操心啊！妈！”傅天南抱着母亲的腿，歇斯底里地喊，“我这次就是要您听我的话！您也必须听我的话，到二姨家躲一躲。求您了，求您了，妈……”

“妈，”傅天南“咚咚咚”在地上磕头，“您就让儿子省点心吧。求您了，求您了……”傅天南涕泪横流，声音嘶哑。

看着儿子哭得软瘫在地，老太太这才哭着说：“好，娘答应你，你可得给娘保证，谁都不能出一点问题。”

傅天南一下从地上站起来，擦干泪，咬着牙坚定地说：“妈，您放心，我能做到！”

“你可别犯傻啊，”傅江雪摸一把儿子的头，“娘知道你的脾气，你得好好的，可别犯傻啊。”

“嗯，绝对不会！走，我这就给您拦车去。”

傅江雪抬起头，看看顶棚，无声地擦一把老泪，忽然问：“天南，万一，我是说万一他们娘儿俩有事，咋办？”

傅天南长长地出一口气，大声说：“我用我的命，也要换回他们娘儿俩！”

“好样的！是我儿子。”傅江雪意志坚定，“不能蛮干！娘答应你，等你的消息。但你也要答应娘，活着回来！”

傅天南不住点头。

傅江雪跟着儿子傅天南出了家门，锁好门。这是个低矮的小院子，位于江北县北部，典型的城中村。

出门不远就是路口，傅天南将母亲送到出租车上，嘱咐司机几句。看着母亲走远了，他怔怔地立在原地，挥手告别。他心里默默地说：“娘啊，此时一别，万一儿子回不来，别怪儿子不能尽孝！”

自投罗网

傅天南等不到警察来，就自己行动了。

送走母亲，他了无牵挂了，决定主动把自己这块肉递给对方。他要再上南溪岛，找到歹徒，救出妻子和儿子。这次，他是“王八吃秤砣——铁了心”，就是砸烂脊椎骨，身首异处，也不怕了。女人和孩子，毕竟不应该受这个罪。

之所以没有等警察来，他是怕警察一出动，歹徒会杀了妻子和儿子。

他租了一辆车，让司机将自己送到南溪岛上老屋那里，就让车回去了。

夜晚的老屋，空洞得像个没牙的老头儿，傻呆呆地站在那儿，毫不理会周围的一切凶险。

寂静，难耐的寂静。傅天南却从寂静的空气中嗅到了昨天亡命追杀的残余气息。

傅天南走到南屋外间，找到那个香案，挖出那块砖，从小坑里拿出摄像机。然后，快速用在家就准备好的 U 盘复制了一份。他不能白死！在家中的桌子上，他留了纸条，给警察的纸条。告诉了他们这个老屋的位置，和这个藏 U 盘的地方。然后，他将 U 盘迅速装在塑料袋中，重新放入小坑里。

他呆呆地看着这个香案，一屁股坐在床上，反复观看着那天中午拍摄的这个视频。此时此刻，不知道那个抢夺笔记本的小贼在哪里？他觉得自己就是叛徒！为了营救自己的妻儿，将会把这个年轻人也拖进深渊。

但有什么办法呢？如果有好办法，他傅天南会这么做吗？谁不想做个好人？这次面对的可不是普通老百姓，是杀人不眨眼的犯罪分子，是绝对不容许自己讨价还价的。上次侥幸逃脱，歹徒一定恨他入骨。而且，现在他们手里有了人质，知道他肯定会投鼠忌器，不敢轻举妄动。

还有那个乔玲珑，也不知道此时是否尚在人间。一个教师，正值青春岁月，如果就这么被歹徒无情地夺去了性命，真是人生无常啊。

一种冰凉、凄惨的感觉，涌上心头。

就要和死神面对面了，他才认真地想起了自己决心寻找的第三次冲动。他一直以为，每个人心中，都有冲动的种子。可以说，这样的冲动，谁都有过。这种冲动，其实是一种调和、一种别样的挣脱，甚至说是一种解脱。

傅天南当英雄的冲动，便是这样。他想粉刷一下“生活”这堵墙，要换一换颜色。

谁知，当英雄的机会就这么稀里糊涂地遇上了，却是撕心裂肺的感觉。

看来，梦想、冲动，真的不是那么容易实现的。

但即便如此，他也毫无畏惧！

对亲人的牵挂，远远胜过他对自己的爱惜。一个顶天立地的男人，从来不缺少这种豪情。他不能想象，如果妻儿有闪失，自己还有没有存在的价值。

傅天南拿出摄像机，缓缓走出房间，默默地坐在大门口。他知道，过不了多久，自己就会被发现。再次像只待宰的羔羊一样，被关进那个黑黑的小屋里。

孤独、无助、沮丧、懊恼、气愤、纠结结伴而来，他从没有觉得心情如此沉重过。整个身躯，感觉正被一辆重型卡车碾压过，骨头发出“咔嚓咔嚓”的响声。

永别了！

小心翼翼

乔玲珑从暗洞中钻出来时，听到了浪花冲击岩石的“哗啦哗啦”的声音。水流涌动，一波催着一波。

她悄悄钻出洞，猫在树丛后，用手扒拉着树枝，从缝隙里探视远处。

南溪桥在望，她惊得差点尖叫起来。长时间像老鼠一样在洞中钻来钻去，身上痒酸难耐。两天时间里，身上已经有了湿疹。她没有多考虑，直接就蹿上了南溪桥。

顺着桥不停地跑，她要逃出这个肮脏的小岛，离开这个是非之地。眼前还晃动着两个歹徒恣意狂妄的眼神。跑过桥头几百米的时候，她遇上了一辆私家车，立刻钻入车内，直奔江北宾馆而去。

她觉得，这时候最需要将自己清洗一番，然后再和警察一起，将这帮歹徒一网打尽。关键时刻，只能相信警察了！单凭自己，是斗不过这些人了！

本来，歹徒是有意放长线钓大鱼的，故意将捆绑她的绳子弄松，然后希望跟踪她找到笔记本。没想到她躲在砧板底下发现了活动的墙壁，从暗洞里逃脱了。

坐在轿车里，乔玲珑牢牢地攥着那个瓶子。她已经看到，这里面是卷着的本子！傅天南可能也出事了，要不然这个瓶子他早带出去了。

他是一个好人。但因为自己的自私，把他拖入了危险，所以一定要协助警方找到傅天南。

之所以没有回学校的宿舍，是因为她知道，暑假期间，学校里很少有人在；没有回家里，是因为她觉得自己的家一定也早已暴露，不然自己不会中午在街头刚被抢，就有人开车追傅天南和自己。

为了安全起见，她觉得躲在宾馆里，好好洗个澡，然后将东西交给警察，是最安全的。看着白底蓝花的连衣裙已经泥污斑斑，她默不作声，怕司机过多地问自己。她忽然想起一件事，自己没有身份证，如何登记房间？

稍一思忖，她对司机说：“师傅，求你一件事。”

司机在乔玲珑刚上车就已经看到了她凹凸有致的身材和姣好的面容。深夜艳遇，男人总是荷尔蒙过剩。一听姑娘求自己，随口就说：“什么求不求的，你说就是。”

“我出来得急，想用你的身份证开个房间，你看行不行？”

司机一听，说：“嗨，我当啥事呢，行，没问题。”或许他想到了别的，嘴角露出浅浅一笑。

乔玲珑腼腆地道谢，说：“不会给你惹麻烦吧？”

司机呵呵一笑，说：“能有什么麻烦？在家里，咱是‘一把手’。”说完举起拳头晃动了一下，仿佛拳头里攥着他老婆。

车过了桥，一路朝江北县城而去。前一段路，车稀路冷，偶尔有货车呼啸着擦身而过，像跑错路的火车皮，吓得乔玲珑见一辆车就紧紧抓住车座。

渐入城区，灯光河流动起来了。霓虹闪烁的招牌，让城市的夜妩媚妖娆。虽然夜还是沉黑，可就是这闪烁的灯光，让乔玲珑一时心绪波动，慨叹生命无常。一天前，生活还静谧安逸，不想此时恍如隔世。

司机看出她的惆怅，没话找话地问："姑娘可是有什么难处?"

乔玲珑微微颔首，说："确实遇到一点事。"

司机说："要报警吗?"

乔玲珑摇头道："不必。"

司机说："你确定能处理好?"

乔玲珑轻轻地说："嗯。"

司机迟疑片刻，问："是两口子……闹气了?"

乔玲珑微微一笑，说："哥，我未婚。"

司机尴尬地吐了吐舌头，说："瞧我这张嘴。"少顷，又问："这深更半夜，你咋一个人?"

见他疑虑重重，乔玲珑知道，自己蓬头垢面，若无合理解释，他必会追问，想一想，撒谎道："去玩儿，写生。不小心踩空，掉草窝里了。"

一听这话，司机"嘎"地刹住车，从后备箱里拿出一条薄毛毯，递给乔玲珑，说："原来是艺术家。刚才我还多心，以为出什么事了。要说你们搞艺术的真是不易，太辛苦了。我家孩子也特爱画画，不知咱俩这叫不叫缘分。若是将来能指点他一二，倒是我沾了妹妹的光。”

乔玲珑一听，说：“等有时间，一定上门道谢。大哥，你家小孩儿几岁了？”

司机说：“三年级了。一个男孩子，整天腻歪歪的，一个人待在屋里，像个绣花女，愁死我了。想当初我们十来岁，整天日夜不着家，泥一把汗一把……男人嘛，还是疯点好！”

静静地听着，乔玲珑知道遇上了话唠。可此刻，她却无一丝反感，反而用欣赏的目光盯着他的背影，恍如坐在自家车上，听自己的男人絮叨。这种真实的话语，竟带着温度，如微微的电波，将她全身震得酥酥麻麻。

听她不说话，司机忽然小心地问：“我……是不是说多了？”

乔玲珑说：“哪有，我一直在听。”

司机：“妹子，不怕你笑话。这男人，累啊！平日里不敢对家人、对朋友、对生意上的伙计叨叨，为了生计不得不奔波，为了面子不得不伪装。今儿好不容易碰上个生人，也不怕你笑话，话多了几句，千万别见怪……”

乔玲珑说：“瞧你说的，我听得出，哥是个有责任心的好男人。”

司机幸福地笑了，说：“多有本事谈不上。一家几口的吃喝温饱，哥总得顾住啊！”

乔玲珑说：“嫂子真幸福。”

司机说：“她才不这样认为呢。”

……

说话是治疗愁闷的最好良药。不知不觉，已进入红旗街。乔玲珑让他只管朝江北宾馆开。

下了车，司机去登记房间，乔玲珑坐在车里，呆呆地望着这个有些陌生的城市。司机拿着房卡回到车里，乔玲珑无声地接过，开门下车。司机殷勤地要送上去，乔玲珑站住，拢一把刘海，淡淡一笑。

司机嘿嘿一笑，拍一拍脑门，说："嗨！瞧我这人，总是热情过度，是不太方便！"伸出手，说："祝妹子睡个美容觉。"

乔玲珑说："哥，我给你打个欠条。"

司机说："什么欠条？你真是见外了！"

"不行，一是一，二是二。"

司机说："这样，就当是我儿子预付的家教费，行吗？"

乔玲珑这才将名字、学校和电话都告诉他。司机吹着口哨钻入车内，扬长而去。

乔玲珑心里说：司机，又是司机！咋这么多好心的司机都让我遇上了！

美女就有这优势，很多时候，不必细说，男人愿意无条件相信。

顺利入住江北宾馆，乔玲珑锁好门，立刻脱下衣服，一头钻入热乎乎的淋浴间。兜头浇下的温热水流，温存、轻柔、包容。

几番冲洗，乔玲珑流下了庆幸的热泪，"嘤嘤"哭出声来。幸福的眼泪，溢满一地。

交易

瞿楠长得简直是整部中国历史：面庞如汉朝疆域，额阔腮广；眼睛如两弘清泉，波光荡漾，流淌着唐风宋韵；鼻子却如春秋之古文人，硬朗挺直……

咀嚼着黑金条一样的大块儿巧克力，倚着床头懒卧在床上，瞿楠敲击着平板电脑，漫无目的地浏览新闻。新闻常催生灵感，有时候让她弄不清真实的生活与文学的界限。社会上发生的好多事，比虚构的文学作品还假得让人难以置信，假得疼痛。有时候，是作品照抄生活；有时候，却又是生活照抄作品。

她常常在文学的幻境和生活的真实间游走，分辨不清虚实。每当这个时候，她就想着，自己该当个诗人。可诗人需要激情，她有的却只是厌倦。她就把当不成诗人的苦痛转化为一种真实的疼痛，所以才迷上了纪实作品。她就是想把生活皱褶里隐藏的碎屑抖出来，晾晒一下，让人们清醒清醒。

岁月悄然磨蚀容颜，让她时有隐忧。常有人将她这类大龄未婚女人称作“剩女”，让她极为不爽，心中百般抗拒。

她私下里曾无数次幻想爱情，她相信美好而圣洁的爱情之花，一定开在某个角落，待她采撷。若世间的女人都不相信爱情，尘世岂不苍凉？她是“为爱驻守型”的女人，坚信爱情的存在，并且宁愿为爱坚守一生，绝不将就。所以才会一等再等，直到年龄渐长。

她是最排斥相亲的，对这类安排的“爱情肿瘤”嗤之以鼻，深恶痛绝。更不会为求组建家庭，甘愿自降标准，主动出击，以牺牲自己的情感换取别人口中“非单身”的称谓。

她宁愿不嫁，也不会像那些心口不一的女人一样，口口声声说“不急不急”，其实是急于出售自己，似暗藏的猛虎，随时准备出击。她觉得，这些女人，一旦遇到理想中的对象，是最容易“脱光”的人群。

阳光洒满屋子。

忽然，她发现江北论坛上一个帖子，有人在高价出售绝密档案。立刻回复：我有兴趣，我们见个面。

刷新一次，楼主回复：每个人都见面，我很累的，给我证明你的经济实力。

直觉告诉瞿楠，这个东西很可能与地沟油事件有关。即使没有关系，也是个有价值的东西。长期写纪实文学，让她对奇特的事件嗅觉敏感。用文字“挖”陷阱，然后引读者进来，是她的长项。当然，为了挖坑，她首先要找到值得深埋的器物。

于是，为了取得这个人的信任，她急忙将自己平日精心拍摄的房间照发到论坛上，炫耀给对方看。

杨存凯回复：呦呵，还真有点档次，看来江北不都是穷鬼。

瞿楠回复：这点装修费，我还是六年前花销的。所以，如果你的东西我感兴趣，不在乎钱多钱少，只要你有真货。

杨存凯回复：就怕你不识货。

别人回复：这就交易上了？你知道吗？这是军火交易档案。

搅局的来了。

杨存凯回复：你懂个屁呀，胡乱说，很可能是贩毒集团的账本。

瞿楠回复：我如何相信你，说说你的东西来源。

别人回复：情人送的。你管得着？

又有人跟帖：鸟儿从天空飞过，屙下来的绝密档案。这叫“天上掉鸟屎，砸中有福人”。

杨存凯回复：别管如何来的，愿者上钩。

瞿楠回复：看来遇到个小鬼，雕虫小技，就想骗钱。无聊。

然后，静静地等待，瞿楠在将对方的军。

杨存凯也在等待，他在等瞿楠焦急。

人与人较量，比的常是忍耐性。

杨存凯的肚子，这时又咕噜起来。他心想，管他是谁，试一试。

于是，他跟帖：一个朋友放在我这儿保管的。

瞿楠一看，乐了，回复：连朋友你都卖，看来真不敢相信你。说实话吧，偷的、抢的、捡到的？

她给对方留了面子，如果对方真有什么重要的东西，无非这三条。她预料到，对方会说捡到的。

果然，杨存凯回复：捡的，中午在街头捡到的。

瞿楠轻轻笑，留下了 QQ 号说：你懂的。

这就是诱饵。

女人留诱饵，总是带着回眸一笑的味道。

好几个人迅速加她，留言都是：我有资料。

瞿楠不动声色地看着屏幕，想象着一帮男人定是手忙脚乱地看自己的资料，然后想加个女人解解闷，她一动不动。笑他们蠢——有底牌的人从来不慌，也从来不炫耀。

一会儿，“咳咳”两声咳嗽，瞿楠看留言：加我。

就是他!

瞿楠毫不犹豫地加杨存凯为好友。

“说吧，你的东西究竟是什么?”瞿楠问。

杨存凯答：“具体什么不清楚，反正都是论坛里摘录的那类。流水账目，进货销货什么的。”

瞿楠：“多少钱?”

杨存凯迟疑一下，咬了咬下嘴唇，猛然敲下键盘：“五十万元。”

瞿楠：“我给你一百万元，成交。”

显然，没料到是这个结果，杨存凯蒙了。他想了想，敲击过去几个字：“嫌贵可以商量。”

瞿楠：“五千元。”

杨存凯：“五十万元，不要拉倒。”他反而镇定了，和自己预期目标太远，不成交也罢，五千元当然不足以支撑他华丽转身的梦想!

瞿楠挑逗:“要真值五十万元,第一,对方不会轻易丢!第二,你也不会安然无恙地坐在这儿。”

杨存凯想想,还真是这么回事,回话:“可以低,但得有个底线。”

瞿楠砍价:“五千元确实少,一万元吧。”

“这也太没谱了吧。”其实杨存凯已经动心了。毕竟,一万块对于他这个流浪的无业青年来说,已经够花销一阵子了。但他还想再撑撑。

“我困了,要不改日谈吧。”瞿楠再次砍价,女人杀价有天赋。

“二十万元,总行了吧?”杨存凯让步。

瞿楠:“和你有联系吗,这东西?”

杨存凯:“我就是捡到的,关我屁事。”

瞿楠:“无意中捡到一万元,可就关你事了。好好想想。”

杨存凯知道,对方很可能真的有兴趣。虽然他不知道对方的身份,但显然有点兴趣,就发过去:“买卖公平才能看出诚意,我的东西值不值我心里有底。你要的话,我可以发给你看个截屏。”

瞿楠立刻回复:“截屏。”

很快,杨存凯摊开笔记本,用视频发送过来一个小图。

瞿楠放大,看到:进货358斤,送货46公斤,南环。催货急,老板骂。今晚要加班……毒药,等等字样——还真是有料。

转而一想，制毒药，谁肯这么直白地写？

瞿楠回复：“小儿科了。制造毒药的，你见过直接写毒药两个字吗？看来你的货，也就值五千元。”

杨存凯急道：“真是说不清，我也说不清，总之确实有用。”

瞿楠也失去兴趣了，毕竟不知道是个什么东西，浪费自己这么多时间，就留言：“如果有兴趣，我们明天中午见个面。有用，五千元给你。没用，当我没看。”

杨存凯还在沉思中，瞿楠果断关了 QQ，打了个呵欠，给宁周元发个短信息，恹恹地睡去。

第二天，临近中午，阳光满室，瞿楠才不情不愿地醒来。每次醒来，都觉得像谁推了自己一把。她慵懒地睁开眼睛，赌气地自己跟自己撒会儿娇。

确认无人打扰后，她趿拉着拖鞋下床，开始洗漱。不论迟早，每天起床后洗澡，是她的必修课。然后，精心地在脸上涂涂抹抹。女人化妆，从不敷衍。她必须在镜子中看到那个敢把自己留到三十八岁的媚骨女神，才肯罢手。

打开电脑，看留言，是第二个习惯。

杨存凯发来的留言，让她很意外：“下午两点，人民公园北门进门右转第一个石凳见。”

捋一捋思绪，想起这个所谓的绝密档案。瞿楠点点头，决定见一见。

打开手机看短信息和未接来电，是第三个习惯。

宁周元发来信息：宝贝，读者的电话打爆了，你下期要弄点有力度的东西了。爱你。晚安。

歪着嘴笑他的急躁样，瞿楠心里温热。这个男人，总给她一种站在夕阳老树下孑然而立的沧桑感，让她如痴如醉地迷恋。连续又翻了几个未接电话，瞿楠拣重要的回了两个，然后开始到厨房里，精心烹调一顿午饭。

饭好后，开始正襟危坐在沙发上看电视里的午间新闻。

看看将近一点，她清点一下包里的东西，锁门下楼。

驱车到附近的银行取了一万块，分成两沓，直奔人民公园而去。

公园里，杨柳依依，远处的湖面碧波涟涟，人流还不算太多。约定是在第一个石凳，瞿楠偏偏到第二个石凳坐下，安静地掏出一本书读起来。

两点的时候，第一个石凳旁准时出现一个慌慌张张的小伙子。瞿楠看了看，不到一米七的个头，黄头发朝天直愣愣地立着，两只小眼睛警惕地转动，慌张得像个随风飘舞的食品袋。瞿楠招招手，让他过来。

杨存凯显然明白瞿楠在招呼自己，就慌乱地走过去，上来就问："是你吗？昨天晚上。"

瞿楠点点头，说："站到我身后，东西拿来我看看。"她肯定是不让他坐下来的，已经脏了眼，怕他再脏了石凳。

杨存凯左右看看四周，然后从怀里掏出本子，依依不舍地递给瞿楠。

瞿楠接过来一看，认真翻了翻，立刻认定就是地沟油制作坊的流水账。因为她清楚地看到进货地点都是“江北宾馆”“一闻香酒店”“鑫顺饭店”“卤鸭啤酒鸡”之类的饭店，而且后面的送货地点偏偏就是“老本家粮油店”“天地粮心”“粮油批发大市场”这些销售食用油的地方。

瞿楠心头狂喜，努力按捺住，装作无所谓的样子，对杨存凯说：“昨天说好的，五千块。”

杨存凯伸手要夺本子，说：“不是一万块吗？变卦。我不卖了。”

瞿楠要的就是这个效果，立刻显得有点舍不得的样子，说：“我一个女人要这个干什么？再说我也不懂这乱七八糟都是啥。一万块够我买一套首饰了。”

捏着一个角，抖了抖本子。

杨存凯见瞿楠爱要不要的样子，也有点慌，他也捏住一个角，说：“一万块我就卖，不然我撕了也不卖。我好不容易才到手的。”他嘟嘟囔囔地说：“你以为容易，多少人抢呢。”他虽然料定应该会有人来抢，但至今却无人来抢，让他心里没底，说话自然也没什么底气。

瞿楠见预期的气氛差不多了，就说：“好，给你加两千元。”说话间用了点劲儿，将本子装进包里，再从包里拿出一整沓黑色袋子装好的五千块递给杨存凯，又将手伸进包里，默默捻出两千块，再次装进黑袋子，递给杨存凯。

然后，瞿楠站起来，戴上墨镜，扬长而去，根本不给杨存凯反悔的机会。

看着手里的真金白银，杨存凯心中无比温暖。这是什么，货，现货。看来前两天中午这一票干得太值了。七千元！不少不少！

盯着瞿楠远去的身影，说实话，他还真的不敢多说个“不”字。那女人高贵的气质压得他喘不过气来。太美了，美妙绝伦，还从来没有见过这么漂亮的妞。

杨存凯吹起口哨，嘴里说一句：“真他娘的正点，也算没有白费心思。”杨存凯暗暗得意，自己毕竟留了一手。手里的存货，看来要不慌不忙地找个大买家，弄个好价钱。

来的时候，杨存凯留了个心眼，将手里的笔记本分作两半。瞿楠手里拿到的，只是本子的一部分，所以杨存凯才不急，因为：“手有余粮，心中不慌。”

瞿楠驱车去了江北宾馆。她要采访一个企业家，约好三点半见面的。

怀疑

乔玲珑在宾馆洗过热水澡后，陷在柔软的被窝里，打开电视。这会儿，听到嘈杂的声音，她才恍如重回人间，渐渐从惊心动魄中回过神来。

两三天时间，连番奇遇，她情不自禁地思索起来：那个留给自己老屋的人，肯定是自己的亲人，会是谁呢？父母至今都不知道是谁，只是有个“江姨”，从自己上小学起，就准时给自己汇款。

钱是从西陆市邮局汇的，她也偷偷地到那个邮局询问过，邮局的人也一无所知。

乔玲珑也蹲守过几次，却总是一无所获。

听养父说，自己的父母当年将她托付给他时，慌慌张张的，只是塞给他一把钱，然后就匆匆忙忙走了。什么也没说，只说会寄钱，请他务必养好孩子。

养父说：“一看就是有知识的人。”

乔玲珑忽然又想到，在南溪岛上留给自己的老屋，为什么会有暗道？难道这个老屋以前是秘密场所？总不会是战争时期或者地下党活动的房子吧？

想来想去，她一点头绪也理不出来。

看看已近十一点，不知道此时罗杰睡了没。屋内床头灯光线暧昧，她越发感觉孤独寂寥，如一个人行走在旷野上。天一亮，她就要去公安局报案。可是，万一警察问到照片怎么办？要不要先藏起来？

硬卷入饮料瓶子里的笔记本已经皱巴巴的，她艰难地抽出照片，又心不在焉地放回原处，究竟怎么回事？一时又想，说不定警察很容易就能破解谜团。

可她还是想先问问罗杰：我给你的照片哪儿去了？

于是，她拿起充了电的手机，拨打罗杰的电话。电话里传来“您所拨打的电话不在服务区……”的语音，她愈加觉得奇怪，他到哪儿去了？莫非自己在那间房子里被捆着的时候，门外真的是罗杰？罗杰难道是这个犯罪团伙的人？

人心险恶！人心险恶！

不可能！绝不可能！

她反复自我否定，半信半疑，却又深信不疑。她不愿意相信，罗杰是坏人！

仰卧在床上，她想起第一次同罗杰见面的场景。

正是下午。

乔玲珑背着画夹到南溪岛写生。远处，水波粼粼，墨蓝的水面上闪烁着道道金黄；阔大的江面上，片片小船如不小心溅上的墨点；天空中，鸟儿在自由地翱翔，发出一声声嘹亮的啼叫；水天相接的地方，一道清晰的切割线，如天上的仙女用眉笔将大地与天空、水面勾勒出眉眼来，浮动的水纹，成了大地的双眼皮。

乔玲珑沉浸在这景色中，忘我地勾勒着……

渐渐地，她左右摇着头，不知该如何巧妙地运用色彩，表现出这内容丰富、暗潮涌动的博大水系。

突然身后传来一个声音：“墨青，加一点黄。”

乔玲珑回头一望，是一个身材消瘦、面庞白皙、帅气明朗的男人，留着长长的头发，很帅很文气，她并不反感，就问：“哦？你也是学画的？”

罗杰从背上拿下包，利落地拿出画夹和画笔。

乔玲珑看了他拿出的一沓写生草稿，惊呆了。他的画已臻化境，自己十年八年是达不到这个程度的，就说：“失敬，原来是遇到大师了。”

“画再好，也没眼前的人美。”

乔玲珑娇羞地低下头，问：“你不是本地人吧？”

“相逢何必曾相识，知音何必问来处？”

乔玲珑略皱眉头，撇着嘴说：“原来是个花花公子，满口的油腔滑调。”

罗杰这才呵呵一笑，蹲下来，说：“跟你开玩笑的。其实呀，我是四海为家，以天地为友。我要用手中的笔，描绘出这个多彩的世界来。”说话间，他拿起乔玲珑手中的笔，自作主张地在乔玲珑的画上添了几笔。

一时间，画面上刚才还毫无动感的水面，此时看来已是水流湍急、波涛汹涌。

乔玲珑忍不住拍手叫好。

于是，两人就安坐江边，细嗅微风，听浪，聊画，畅想未来，竟聊出半分知音之感。

第二日，两人再次相约江边，乘快艇飞驰水上，看着快艇后犁开的白色水花，乔玲珑觉得刺激、清爽、愉悦。下船后，两人又在岛上的开阔地放了一下午的风筝。她平日的生活如一张白纸，遇到罗杰后，一下豁然开朗，感情之窗乍然被推开，热烈而耀眼的光芒照彻心扉。

一周下来，两人迅速坠入爱河。

乔玲珑曾和罗杰到过他的老家，那是位于豫北的一个农村。村里处处可见典型的“布袋房”。五间房里，两间是户主的卧室，摆放两张硕大的床，可以供夫妻、儿女、亲戚等人就寝，是一家的主卧；两间是外间，兼具客厅、餐厅、祭室、陈列室等多种功能。这两间是脸面，所有的可以炫耀的资本，都摆放在明处。木制的组合柜、连体的平柜、藏粮食的水泥箱等应该摆设出来的器物，全在这两间房里摆着。孩子大大小小的奖状，屋主人曾经获得的乡镇、县奖励，全家多年的合影镜框，也都统统摆放在这两间房里，让外人能看到；剩余的一间，是家里老人的养老屋。这间屋子，还兼具储藏间的功能，一应杂物，无序地堆放在屋里，挨挨挤挤，显得家境殷实。

罗杰的家里，也是五间红砖房，却早已破败不堪。阴潮黑暗的房间里，七十多岁的母亲在照看着这个穷困的家，父亲瘫痪在床。

乔玲珑自己身世不明，对罗杰的家特别有认同感。两人的感情再次升温……

在江北宾馆的房间里，凌晨时分，乔玲珑一直打不通罗杰的电话，她心生疑窦，继而断定，小黑屋门外那个身影真的是他。她这时才想起，自己多次问过罗杰的职业，他只说是自由职业画家，从来也没有给过自己一个准确而满意的回答。

不会的，一定不会的！乔玲珑无论如何不想也不愿把穷凶极恶的罪犯与罗杰画上等号。

而且，她记起，自己昨天给罗杰打电话的时候，罗杰分明在画室里，和朋友在一起，朋友还和自己开了几句玩笑。

看来是自己多虑了。

其实，乔玲珑不知道，罗杰确实是“地下组织”的负责人。至于她听到的画室里的朋友声音，是罗杰拿着另外一个手机里录好的音，对着手机转放给乔玲珑听的。

乔玲珑决定第二天早上再联系一下。

她确实困了，一边想一边就睡了过去。

睡得正香甜，忽然一阵《大海》的铃声响起，乔玲珑吓得一哆嗦从床上跳起来，惊恐地望着手机，生怕又是歹徒找来了。

等仔细看清楚只有自己一个人在宾馆房间里时，乔玲珑伸手要去拿手机，但电话却无声地断了。

断线常常会让人产生孤独、冷清感。

是罗杰。

乔玲珑回拨过去。

“你在哪儿?”

乔玲珑有点怄气，责怪他：“你还知道问我呀?”

“你在哪儿，我担心死你了。”

乔玲珑忽然脑子一转，娇滴滴地故意说：“我有什么好担心的，难得的暑假清闲。我呀，睡懒觉呗。”

罗杰显得很焦急，问：“你究竟在哪里，是不是出事了?”

男人越急女人越稳，乔玲珑反而沉下来，说：“我在写生。”

“到底是睡觉还是写生？我有事找你，别捉迷藏了。在老屋吗?”

“嗯。”乔玲珑逗他。

“胡说，我现在就在老屋。你到底在哪里？急死我了……这么不懂事。”

乔玲珑顿时感到六月飞雪般委屈，怨恨有一万斤重。

我不懂事？这两天我差点没命。关键时刻，不见你的影子，你不找我也就罢了，我给你打电话，你还不冷不热。这会儿我活下来了，你却来埋怨我不懂事。

女人一赌气，上帝都没辙。她关了手机。

关了手机，乔玲珑做“金鸡独立”状，心情愉悦地赤脚在屋里旋转一圈。发泄了心头之恨，她有三分得意。再旋转，头却有点晕。这才发现，已经十点多了。摸一摸光光滑滑的肚皮，依稀听到“我饿呀”的呼叫，她拿起水壶，烧了一壶开水，撕开桌子上的方便面，准备饱饱吃上一顿。

吃完了面，她又打开房间里的饮料，倒出一杯，开始慢慢抿。

饱餐过后，罗杰还不道歉！乔玲珑重新郑重其事地生气。坐在床边，生气，不解恨；站起来走到窗边，瞧着路上行人如织，蚂蚁一样地搬运着东西，烦躁，还不解恨；来到盥洗间，洗一把脸，瞅着镜子里的面庞，自恋地寻找最细小的疙瘩，挤，还是烦。

她索性走向手机，骂：看你个死东西，小气鬼，不给我道歉！随后她“扑哧”笑了，手机关机！

明明是自己关机，可她还在怄气：分明是你男人不负责，让我一个女人死去活来地与一帮恶人周旋，你还倒打一耙。不开机，就不开机，气死你！

可没过十多分钟，乔玲珑忍不住了，偷偷开了手机。按键的时候偷偷摸摸，仿佛罗杰正在看着她。

“嘀嘀嘀”，八百里加急，短信息一个接一个蜂拥袭来。

看着罗杰还这么关心自己，乔玲珑心里才再次涌上几丝温暖。她慢慢地拨通罗杰的电话，然后急忙又挂了。她要让他打过来，听他郑重道歉！

罗杰果然赔罪加忏悔地说：“是我不好，我该死，不知道关心你。好了，不生气了。告诉我你在哪儿，我好去找你。”

乔玲珑说：“这样吧，半个小时后，我们到江北县公安局门口见面，有些事我要当面问你。”

“去公安局干什么？别去别去，告诉我你在哪儿，我直接找你去。”

“我问你，我的那张黑白照片，你弄哪儿去了？”

罗杰迟疑一下，说：“丢了。”

乔玲珑冷冷一笑，说：“丢得好！只怕改日你连我也会丢了。”

罗杰急忙解释，说：“我有一次下水游泳，结果上岸后发现包不见了。玲珑，我真不是故意的。”

“那我问你，你真的没干什么坏事吧?”

“我能干什么，就整天画画。”

听到这里，声音里能感觉出罗杰十分着急。乔玲珑也十分想念罗杰，就急忙说：“你赶紧来吧，找个车，我在江北宾馆。你丢的那张照片，出大事了。”

罗杰说：“好，你等着我，千万别去公安局啊。”

救家人

接踵而至的好消息，就要收网了。

其实罗杰此时正在严密布置如何审讯傅天南。听到乔玲珑要去报警，他决定快刀斩乱麻，利落地对傅天南说：“这样，你拿出你说的所谓的重要资料，我就放你妻子和孩子走。”

傅天南说：“你要先让我看到孩子、老婆。”

罗杰说：“可以，但你们不能交流。你只能隔着玻璃瞅两眼，要是你胆敢出声，小心我不客气。”

于是，罗杰和两个喽啰重新带着傅天南七转八转，来到一个硕大的车间外。

红砖车间！傅天南记在心头。

傅天南死死地抱紧手里的包，里面是他赖以谈判的资本。抱着的是性命，当然，还有一把短刀。他已经想好了，如果他们胆敢硬抢，自己就和他们拼个鱼死网破。

这一点，对方显然也看出来了。不过这时候他还有用处，没有人会对他下毒手的。第一，不知道他说的重要资料是什么；第二，万一硬抢了他的包，却一无所获，反而被动，所以暂时先不动他。

车间内，王梅荣和傅大伟被堵上嘴巴，像粽子一样捆绑着蜷曲在一把排椅上。从神情看得出，他们早已疲惫不堪。儿子头发乱得像鸡窝，妻子一条裤腿下摆被撕扯破了。

傅天南真想一下就冲进去救出他们娘儿俩，可身边的两个人牢牢地看紧了他，让他不敢有半点动作。

傅天南急匆匆地说："把他们放了，东西我给你们。"

罗杰说："你先让我看看值得不值得，我可不上你的当。"

傅天南打开包，拿出摄像机，迅速翻到那天中午拍摄的视频，手拿着机器给罗杰看。罗杰侧头看到，杨存凯和乔玲珑在抢笔记本，然后却忽然不见了人影……

"啪"，傅天南关了机器，说道："只要放了他们娘儿俩，我愿意把自己交给你们，协助你们找到这个年轻人，找回那一半笔记本。"

这显然是没有料到的事情，真是节外生枝，竟然还有笔记本流落在江北县，这下罗杰有点慌了。要是老板知道了，问题就严重了，说不定自己也在劫难逃。

罗杰心里更焦急乔玲珑会不会主动到公安局报案，于是就摆摆手，说："放人。"

两个喽啰到屋里给傅天南的老婆和儿子松了绑，对他们说：“回家吧，你们自由了。”

这娘儿俩根本不知道咋回事，无缘无故被抓来，无缘无故被放走。虽然一头雾水，但听到准许回家的消息，还是喜不自胜。

傅大伟搀着母亲，顺从地戴上黑色头套，在歹徒的引导下，从另外一个门走了出去。傅天南心如刀割，暗咬牙关，却苦无办法，只能将一腔怒气暗藏心底。

“拿来吧。”罗杰伸出手盯着傅天南。他知道，此刻傅天南一定不敢轻举妄动，因为他老婆和孩子还在自己人手上控制着。

傅天南说：“等一等，我要你的人送他们到桥头了，照张相传回到你的手机上，再把东西给你。”

罗杰一笑，说：“你还考虑得挺周密。行，也不怕你要什么花招。”就拿起电话交代一番。

大约二十多分钟后，罗杰的手机响了，他接听后，点点头，挂了电话，打开一个彩信图片，让傅天南看。

傅天南看到，母子俩正在江北县一条街道上，神情茫然地望着四周。看来这帮歹徒计划非常周密，本来自己想着他们娘儿俩到桥头，最起码警察会想到南溪岛上有贼窝。可他们也够狡猾的，直接将人送到了江北县。

这时候他有些后悔，自己在家中留的纸条上，并没有说出南溪岛就是贼窝。当然，这仅仅是一瞬间的念头。

见到他们母子平安回家，傅天南这才放了心，双手将摄像机交给了罗杰。罗杰适时地用一副手铐将傅天南铐在一根粗粗的暖气管道上。

打开机器，罗杰将事情的经过仔细看了一遍。接着又倒回来重新看一次。

他惊出一身汗。如此看来，乔玲珑手里拿的笔记本并不是全部。这个抢东西的男子必须立刻找到，否则流传到社会上，后果不堪设想。

正在这时，手机又响了。电话里，两个喽啰说，看到那个丁康又在岛上的养猪场附近转悠。

罗杰冷冷一笑："送上门来了。抓住他，弄回来。这次可不能再让他跑了。"

然后，罗杰扭转身，打了个电话，又进来两个人，他对这两个人说："将他捆上，押到地牢里，等我回来再审问。一定要看牢了，跑了的话，我要你们的狗命。听明白了吗?"

两个人鸡啄米一般点头遵命。

罗杰腾出手来，急忙朝江北宾馆赶去。他一定要赶在乔玲珑报警之前阻止她的行动。

又遭绑架

有些人的话就是安心丸，镇定作用显著，尤其是恋爱中的男女。

乔玲珑与罗杰联系过后，一颗心总算安定下来。她一点也不慌了，反正很快事情就会水落石出，警方会介入此事。到那时，一切都会浮出水面。自己也不用良心不安地担心傅天南，担心罗杰，担心这一切。

照进房间的阳光，变得柔软起来。她百无聊赖地伸出手指，一次又一次截留阳光，切割阳光，顽童一样调皮……

罗杰一迈入房间，乔玲珑就“嗖”地扑了上去，铁块见了磁铁一般。手臂如钳，久久不松开。说实话，罗杰抱着这么漂亮的女朋友，确实有点激动。他一个穷小子，能够得到这么精致的一个女人，是他没有想到的。

但阴差阳错，竟然让这个女人卷进了这场风波里。他心想着，只要她交出笔记本，以后慢慢哄哄她，让她忘记这一切，过她风平浪静的安生日子。

亲昵过后，罗杰问乔玲珑：“你说的东西呢？我看看。”

乔玲珑毫不设防地将本子交给罗杰，罗杰一看，脸上露出得意的笑容，他长长地舒了一口气，心里说，终于到手了。辗转这么久，好在这东西并没有丢。

乔玲珑本来想着罗杰看到后会大吃一惊的，没想到他简单看了看就合上了本子，心里不免有点疑惑。这么重要的东西，他咋一点也不吃惊呢？

罗杰见乔玲珑望着自己，就说：“玲珑，听我说，这东西千万不能交给警察。万一什么也不是，我们不是自找麻烦吗？”

乔玲珑点拨他说：“可为了这东西，一个出租车大哥已经下落不明。还有一个登山的人，丁康，也被追杀，现在还不知道死活呢。我们不报警，如何帮他们呀？”

罗杰说：“可你报了警，就一定能找到他们吗？说不定由于你报警，他们反而更危险了呢。”

“那你说究竟该怎么办？”

“依我看，这东西咱们先保存起来，等个一两天，看看社会上有没有什么反应。如果事情真像你说的那样，说不定警察会悬赏，到那时候咱再交出去，也能洗清自己。不然万一连累了你，我可舍不得。”

听他这么说，乔玲珑觉得也不无道理。

乔玲珑又问：“你说，这里面记录的会是什么东西呢？”

“能有什么，说不定是谁闹着玩呢。”

“你胡说，明明有毒药、供货、进货什么的，我看还是别等了，咱们直接把情况和警察一说，也省得费心思。”

说话间，乔玲珑就伸手去拿罗杰手里的笔记本，罗杰本能地往后一撤，用力推了乔玲珑一把。乔玲珑本来是随意去拿本子，没想到罗杰反应这么大，“扑通”一声就跌坐在地上，她吃惊地望着罗杰，用手指着他，气恼地说：“你，你敢打我。”

罗杰刚才太紧张了，本来心里想着如何稳住乔玲珑，没想到她突然来夺本子，出于本能，他就用了力气。这下见乔玲珑指着自己，怕引起她怀疑，就急忙掩饰道：“看我，真是昏了头。用劲儿太大了，对不起对不起。”说话间要扶起乔玲珑。

乔玲珑猛地从地上站起来，一把夺过笔记本，说：“我先拿着，你拿着我不放心。”

为了暂时稳住她，罗杰只好苦笑着说：“好好，你拿着。你发现的东西，当然你自己保管最放心。”

乔玲珑还在生气，罗杰又好言相劝了一番，提出带乔玲珑去看电影散散心。

此时已过了中午，将近一点钟。乔玲珑挎着包，和罗杰到街上找了个餐馆，美美地吃了一顿饭。

天气晴好，乔玲珑张开嘴，深深吸了一口气，觉得把白白的云朵也吸进了胸腔，好不惬意。

他们再次返回江北宾馆。可接下来的一幕，却是谁也没有想到的。

走到大厅的时候，乔玲珑蓦地发现一道人影，鬼魅一般，像极了绑架她的那个高个子歹徒。

没错，确实是“螺丝”，剃着清亮“灯泡头”的“螺丝”。

原来，“螺丝”和“饭猪”毫不费力地将丁康抓住、制服后，给罗杰汇报工作邀功请赏，恰遇罗杰要和乔玲珑出去吃饭。按照罗杰设想，他引诱乔玲珑出去后，让“螺丝”悄悄打开房间门，把笔记本偷走，神不知鬼不觉。

可费尽心机的计划却被天真打败了，乔玲珑始终挎着包不松手，这个笔记本，像螃蟹暗中伸出的钳子，牢牢夹紧了罗杰的心。此时罗杰的全部心思尽在乔玲珑身上，暂时忘记了“螺丝”。

两人“精挑细选”地吃过饭，回到江北宾馆。乔玲珑还穿着那件白底蓝花的连衣裙，只不过下摆已经不再是线头脱落，她已经在宾馆里缝好了下摆处撕破的残边。吃过饭后，罗杰又陪着乔玲珑去买了一双鞋。她脚上穿的是宾馆的拖鞋，原来的凉鞋的鞋襻儿早在逃跑的过程中断裂了。

乔玲珑的心情经过这一番调整，已经大好。

好心情就如路边盛开的花，她甚至轻轻地哼出了小曲。可是乐极生悲，买完鞋走进大厅，乔玲珑却猛然看到了“螺丝”的身影，像有人猛地朝心脏打来一记重拳，吓得她急忙对罗杰说：“我上个卫生间。”

事发仓促，她想先躲一躲，然后再向罗杰解释这一切。她心里也有一点顾虑，怕罗杰不相信她，说她疑神疑鬼，遂决定从卫生间的窗户里，偷偷观察“螺丝”的动向，卫生间的窗户正对着江北宾馆的停车场。

躲在卫生间里，乔玲珑瑟瑟发抖，昨天的恐惧感再次死死攫牢她的心。她的神经高度紧绷。

外边一直没有“螺丝”的影子。只有树枝摇曳，热浪在空气中摇摆……

倏地，她听到有脚步声从卫生间外传来，隐隐约约中听到有个声音悄悄在问：“大哥，咋办？”

“办你个头，都是你，差点坏了大事。”竟然是罗杰的声音！仔细辨别，一点没错，就是罗杰！

“螺丝”问：“要不我冲进去?”

罗杰说：“再等等，实在不行……也不迟。”显然他们放低了声音。

乔玲珑此刻感到死神正伸出长长的手臂，卡住自己的脖子。自己最信任的男朋友罗杰，竟然就是歹徒！刚才在房间里的疑惑，此刻也一并水落石出：怪不得罗杰拿到笔记本，只是轻轻地瞄了一眼，根本就没有细看；怪不得罗杰极力劝阻自己别交给警察；怪不得自己从罗杰手里拿笔记本他会推倒自己……

她牢牢地攥住包里的一个簪子，又看看后面的窗户。这是一楼，她准备着，不行就跳窗逃出去。

“动手吧。”

“好，不行就灭口。”罗杰狠狠地说。

卫生间里空荡荡的，现在正是中午午休的时间，因此少有人影。

乔玲珑脑子一片空白，他们要杀了自己。这可怎么办？喊出来？但她觉得死死卡住自己脖子的那只手更紧了，一点声音也发不出来。她闭上眼睛，手里拿着簪子，准备和他们拼了。只要跑到大厅里，一切就都不怕了！

“吱呀”一声，一个人影朝自己走来。乔玲珑想也没想，闭着眼挥舞着簪子就划了过去。“啊呀！”一个女人的声音。

竟然是个绝妙的美女，站在乔玲珑面前，捂着流血的胳膊，盯着乔玲珑，眼神惊恐。

“对不起，对不起。”乔玲珑急忙用衣服给女人擦血。

女人低声询问：“我好像听到有人嘀嘀咕咕，是要加害你?”她指了指乔玲珑。

“嗯嗯，”乔玲珑点点头，“他们要抢我的东西。”

“不管是什么东西，快，先交给我保管。然后我们一起出去，最起码你的东西不会丢。”女人命令道。

乔玲珑来不及细想，眼前的这个女人有种冷峻的可信任感，说话有种不可抗拒的力量，她很配合地掏出本子递给她。

一推门，罗杰站在门外。没有“螺丝”！走廊里凉气流淌，除此之外就是装修豪华的墙壁，脚下是洁净的照出人影的地板……

乔玲珑正发愣，罗杰一把拉住她说：“怎么去了这么久?吃坏肚子了?”一点也不像刚才自己听到的那个恶毒的声音。奇怪？难道自己听错了？错怪罗杰了？产生幻觉了？

那女人自顾自走出去，她回头望一下乔玲珑，便径直向前走去。

乔玲珑如坠云雾中，迷茫得不知所措，等女人走了很远，还没回过神来。罗杰一把揽住她，“亲热”地问长问短，摸着她裙子上的蓝花花，悄悄地抠。再抠也抠不下花朵来，动作像挑逗，又像安抚。

女人本来是准备报警的，见罗杰抱着乔玲珑有说有笑，想静观事态发展，怕好心做了坏事。她稳稳地坐到大厅的咖啡吧里，静静地看着乔玲珑和罗杰从身边走过。

那女人正是瞿楠。她眼睁睁地看着乔玲珑被罗杰搂着走出了江北宾馆的旋转大门，坐上一辆车走了。

瞿楠心里还一直奇怪，这女人，在卫生间里，明明听到有人对她不利，怎么出来就一声不吭了呢？

实际上，此时乔玲珑已经无法反抗了，她的后腰上，被一把冰冷的刀子顶着。死亡的警告，让她不得不噤声。

瞿楠本来是在等着采访一位企业家，人未到，她就去了卫生间，无意中在隔壁听到……她不知不觉拿出包里刚才乔玲珑交给她的东西，一看，惊出了一身鸡皮疙瘩：竟然也是绝密档案！看来真是有人要杀她！

她急忙追出宾馆大门，却早已空无一人。

望着空空荡荡的停车场，抬头看看白花花的太阳，瞿楠感到眼前似有一群乌鸦在飞旋聒噪……她一刻也不能等，必须坐下来整理一下这些东西，好确定有没有必要让警方介入。

她想到了一个人，宁周元。

不等企业家了！拿着这些资料，她驱车去了宁周元的家中。

一路上，她就在想，至少要披露出来，不能再等了。看来所谓的地沟油作坊，就在江北县！这些资料，是地沟油的账本还是另有蹊跷？

疑点

江北县警方见王梅荣和傅大伟安全回家，当即对他们进行了询问，并仔细做了笔录。根据他们的描述，重点排查了废弃的工厂车间等建筑。

惊魂未定的母子，做梦也想不到，他们娘儿俩能够平安归来，这是傅天南用自己做人质替换回来的。

警方又凭借傅天南留在家中的纸条，顺利找到了傅天南藏 U 盘的地方，看到了那个抢夺笔记本的视频。同时，警方也在南溪岛上进行了排查，并没发现可疑线索。

综合多条线索，刑警队当即决定，将这个连环绑架案同抢劫案并案侦查，扩大搜索范围，全力寻找傅天南的下落。

一天后，杨存凯的尸体在江北县南部郊区的南溪河滩上被发现。

三天后，丁康的尸体在江北县城北部的一个树林里被发现。

最令警方难以置信的是，经过技术鉴定，两个人都是被同一把枪杀害。而且，在杀害丁康的现场，警方发现了那把手枪。手枪上，竟然只有傅天南一个人的指纹。

警方有傅天南的指纹，一点也不奇怪。因为好几次他见义勇为做笔录的时候，关于他的所有资料都留在了公安局。

刚刚并案的案件，再次变得扑朔迷离。此案成为江北县有史以来最大的连环杀人案，引起了县委领导的高度重视，立刻将此案上报给了西陆市公安局，同时上报给省公安厅。

根据现有的证据，警方立刻发布通缉令，不惜一切代价，全力缉拿傅天南。通缉令一发出，所有进出县城的车辆，都要接受仔细盘查。

瞿楠从宁周元的家往江北县返回的时候，路过关口，看到警察荷枪实弹检查车辆，忍不住询问是咋回事。

警察说，我县发生特大连环杀人案，为保证居民安全，排查一切可疑人员和车辆。

瞿楠闻讯，顾不上回家，直接去了江北县公安局，将手中掌握的材料，全部交给了警方。

而同时，《骤雨》杂志出了地沟油纪实文学增刊，瞿楠采写的文章，再次引发全城大讨论……

这时，罗杰也受到老板的质问："原来你们丢了笔记本。动手，灭口，一个不留。"

涉枪案惊动了省公安厅，省公安厅当即下令在西陆市公安局立刻组成专案组，派最精干的队伍，全力限期侦破，消除社会隐患。

西陆市公安局抽调精锐人员，入驻江北县，不分白天黑夜，对全县范围内的出租车司机进行排查，对网吧、宾馆、酒店等公共场所实行大范围搜捕，在全县铺开了一张大网。只要有半点蛛丝马迹，刑警队的警车就会呼啸而至。江北县，一时形成了高压态势，大家茶余饭后都在谈论这件事，偶有发现便积极举报，希望领取警方的高额奖金。

很快，警方在对出租行业进行排查的过程中，发现了一个人。

傅天南所在的“福汇出租车有限公司”的总经理傅会任，行迹十分可疑。

负责调查傅会任的是刚入职不久的民警小刘。那天上午，在“福汇”公司的办公室里，小刘正在问傅天南的有关情况，傅会任显得很不耐烦，小刘有点生气，就说：“你们公司丢了车，你看起来一点也不着急啊？”

傅会任说：“怎么不着急？着急能怎么办？再说，之前也发生过司机跑长途不和家里联系的情况。”

小刘刚从警校毕业不久，特别希望在这次大案中一显身手，见他搭话有一句没一句，心中气恼，于是揪住了这句话的漏洞。要知道，司机私自跑长途，若是瞒着不报，公司的利益就会受损，可听起来傅会任一点也不气恼，便紧追不舍地问：“之前你们是如何处理这类司机的？”

“罚款呗，还能怎么办？”

“人能罚款，车呢？”

出租车是公司财产，连人带车都丢了，看你怎么解释。小刘冷冷地盯着傅会任。

没想到，傅会任呵呵一笑，说：“都入了保险，我慌什么？”

见他这种态度，小刘更加气恼，脸一沉，说：“你态度端正点，哪有你这么说话的，保险公司的钱就不心疼啊?”

“我们交了保险费，他们就该负这个责任。”傅会任不冷不热地说。

小刘听着生气，却无法辩驳。由于心中有怨气，便耍起年轻人的脾气，希望查出傅会任的什么破绽，杀一杀他的威风。

不查不知道，一查吓一跳。傅会任，1984年因打架斗殴，曾被判处有期徒刑一年半。出狱后，政府为彻底改造服刑人员，特别照顾，将他分配到了县汽车站。

小刘有些亢奋，这不是狐狸尾巴吗?于是，他扩大调查范围，仔细调查询问汽车站的人员，结果得到了一个很重要的线索：傅会任在汽车站担任检票员期间，迟到早退，长期不服从领导管理，是个标准的刺儿头，几任领导都对他颇有微词。

后来到1992年，江北县要组建第一支出租车队，汽车站工作人员长期吃大锅饭习惯了，所有人都深有顾虑，不肯到毫无保障的出租车公司任职。没想到，傅会任竟主动请缨，提出要承包出租车公司。

汽车站领导早有心送走这个瘟神，见他自投罗网，自然正中下怀，巴不得趁机割掉这个毒瘤。当即召开班子会议，全票通过，下发文件，将傅会任任命为“福汇出租车有限公司”总经理。

查清楚这一切后，小刘当即传唤傅会任，问：“你公司职员傅天南涉嫌连环杀人案，你为什么不及时报案?”

傅会任说：“我不知情啊。”

小刘问：“以前不知情可以理解，为什么警方发布通缉令后，你依旧不闻不问?”

傅会任说：“这不是有你们警方吗？你们都知道了，我再报案不是多此一举吗?”

小刘问：“傅天南是个什么样的人?”

傅会任说：“口无遮拦，自由散漫，不知天高地厚。”

小刘说：“哦？他不是你们公司的明星员工吗?”

傅会任答：“那都是他自己惹事得来的，与公司无关。”

小刘问：“听说，他曾多次见义勇为，怎么从你嘴里说出来，他好像是个二流子。”

傅会任答：“桀骜不驯的野马！他今天的所作所为，都是咎由自取。”

小刘问：“你不会是和他有过节吧?”

傅会任答：“就他那不知深浅、一根筋的脑子，我都懒得搭理他。他要当他的英雄，就让他当呗，只要不少交承包费就行。”

小刘问：“你觉得他最有可能躲在什么地方?”

傅会任说：“不管什么地方，不论什么时间，逮住他，千万不能听他胡说八道。这个人，所言所行，半点靠不住。”

小刘见傅会任口中的傅天南，与他听到的其他人说的完全不是一回事，愈加起疑。别人都说“傅天南是热心肠，正直、勇敢”，为什么他却对傅天南深恶痛绝呢？

后来经反复调查，小刘得出结论：傅天南经常和其他司机一起，处处与傅会任为敌，要求对出租车进行爱岗敬业培训，多进行爱城市、爱岗位的职业素养培训，可傅会任却一条道走到黑，说什么多挣钱、多上交公司利润就是王道，至于谁爱宰客爱玩猫腻，他懒得管理。

可能就是出于这样的恩怨，傅会任对傅天南一直抱有成见。但小刘不想放弃，毕竟，傅会任在傅天南失踪数日后隐瞒不报，着实令人生疑。

丁康之死

丁康的死，应该说完全是财迷心窍。

丁康本来有一份稳定的工作，在一家国有企业任车间主任。这家国有企业有着五十多年的历史，是一家钢铁企业，生产的生铁在全国具有相当的知名度。第一、第二汽车集团争相与其合作。

他自从迷上登山和探险以来，全部的精力就集中在这些事上面，每天面对着他的那些绳子、攀岩鞋、登山杖。后来，为了这个爱好，他竟然和妻子离了婚。

离婚不是他提出的，是妻子非要离开他这个疯狂得不知道养家的人，离开这个满脑子充斥不切实际想法的男人。家庭破裂后，他索性就请了病假，长期游荡在山水间，体验那种天马行空的感觉。当然，也体验着“天马踏空”的感觉。

探险是需要资本的，他光靠那点微薄的病假工资，实在难以维持探险所需的巨额费用，因此，每到一地儿，他不得不临时在当地打工挣点钱，维持生计。

来到南溪岛，纯粹是偶然。

有一次，他途经江北县，发现浩大的水面上竟然有这么一个馒头一样的小岛，仿佛某位仙人吃剩扔掉的馒头。于是他断定，这个小岛上一定有神秘的洞穴或者荒凉的地方等着他发掘，于是就住进了南溪岛。

南溪岛方圆四平方公里，是一个不算荒凉也不算繁华的小岛。岛的东部，有几处小镇模样的旅馆、超市、通信、邮电等设施。岛的西部散落着一些村落，有非常稀少的住宅，原始乡村状。南部是毗邻水面的区域，很少有建筑物。北部荒凉无比，全是石块儿和原始森林。

沿着江面，江北县还饶有兴趣地“栽种”了很多近代和古代名人的碑刻。县里的领导，也曾费心，希望将这个地方发展成为旅游区，好吸纳外地人的金子。不知是外地人太挑剔还是南溪岛太命苦，领导换了一茬又一茬，这个所谓的景区总是病恹恹的，活脱脱是林黛玉的命。

对这个半死不活的项目，领导渐渐失去了信心，逐渐对它爱搭不理。也基于此，南溪岛得以保持着原生态。

丁康到达这里后，发现并没有自己预想的悬崖和纵深的神秘之处，便决定离开。无奈天色已晚，只好住下来。结果一住就是一周多。他病了，高烧一度达到三十九度。十多天过后，他拖着虚弱的身子来到江边，看着浩渺宽阔的江面碧波荡漾，不禁心潮起伏，想起了自己的往昔。

原来惬意的生活，早已离自己远去了。要是探险能探出什么宝藏来，自己也算对得起这些付出了。无奈自己缺乏相应的学识，所谓的探险其实不过是找个借口游山玩水罢了，有几次还差点丧命。最严重的一次，被卡在一个山缝里，三天两夜不见人影，饥饿难耐、困乏侵袭，但他硬是靠着顽强的毅力从缝隙里爬了上来。躺在山顶，他放声大哭，感觉自己的生命掉入了人生的最低谷，无依无靠孤苦伶仃。可最后，他还是选择了四处漂泊。

丁康在南溪江的浅滩上徘徊，捡起一些死在滩边的小鱼小虾，觉得自己就像这些尸体，已经完全没有活着的意义，不过是苟延残喘地活在世上而已。就在他心灰意冷的时候，罗杰悄然无息地站在了他身后。

罗杰问丁康："兄弟，是不是遇到了什么想不开的事情？大男人在世上，谁不是有苦难言，想开点。"

丁康的心情本来已经差到了极点，但他很好面子，一听罗杰说自己，就硬撑着说："哪里啊，我只是觉得这个地方风景不错，特地来游玩的。你看，这一方蓝蓝的水面，多像一条天然的水峡谷。在这里，你可以让思想畅游水面，顺流而下，直至无边无际的海洋深处……"

罗杰却并没有被他的情绪感染，自顾自地说："只要你好好的就行。我觉得，人在江湖，所有人都是身不由己。"

丁康反而劝说起罗杰来，劝他凡事往好处想，明天太阳一样会再次升起，生活还是无限美好。后来，两个人越谈越投机，罗杰就邀请丁康到他的养猪场做客。

看到罗杰经营着这么大的养猪场，正好丁康最近又手头拮据，他就主动留下来给罗杰打工，负责运送饲料。

虽然每天的活儿有点累，但丁康心里特别充实。他觉得从罗杰身上，又找到了当年一帮小兄弟在一起的感觉。

工作几个月后，丁康准备离开。离开之前，他无意中捡到了罗杰的笔记本，便故意在山上的竹林里逛荡，当看到一块硕大的干净石头时，他顺势坐了下来，开始查看笔记本的内容，没想到这一看，让他心惊肉跳，却也在心底有了更大的疑问。

过了不久，"螺丝"和"饭猪"急匆匆地赶来，四处寻找着什么。丁康将笔记本塞入怀中，起身欲走。"螺丝"和"饭猪"问他，见过什么东西没有。

丁康说："没有。"回答"没有"的时候，真就像个"没有"的样子，淡定、坦然。看着两个人急匆匆而去，他加快脚步回到养猪场，背起行囊，找罗杰结了账，慌慌张张就走了。任凭罗杰如何挽留，只说有事，执意要走。

态度如此坚决，就引起了罗杰的怀疑。

于是，丁康前脚刚走，"螺丝"和"饭猪"便后脚跟进。

怕他们追上来搜身，事情败露，丁康便撒开脚丫子，像野羚羊一般奔跑。他一跑，两个人更确定他身上带着笔记本，于是四处围堵。

围堵中有一回竟然碰了个面对面，两个歹人就砍了他一刀。丁康如惊弓之鸟，四处逃窜，带着刀伤与两个歹徒在林间周旋，慌不择路时，正好途经乔玲珑居住的老屋，见乔玲珑一个人呆坐在老屋前，情急之下，将笔记本暂时交给了乔玲珑收藏，并千叮咛万嘱咐，要保管好。

此后，丁康落荒而逃，暂时离开了南溪岛，到江北县城找了个隐蔽的旅馆住下。他虽然将笔记本交给了乔玲珑，却对里边的内容念念不忘，因为凭借这些，他肯定能够得到不少好处。这种好东西岂能轻易放手？于是他便寻找机会再次回岛，希望索回属于他的笔记本。

他想通过这个本子，勒索一大笔钱。数目多大他没想，但一定要很大很多，大到足以填满他的欲望之壑。没想到最后求财不成，反而殒命南溪岛，血洒发财路，黄粱美梦终成泡影。可叹可悲！

第三章　逼迫行凶

罪恶

丁康被杀的时候，惨不忍睹。他安静地躺在县城北郊的树林里，像一只褪了毛遭遗弃的家猫。

现场却纹丝不乱，毫无打斗痕迹。很显然，这里不是第一现场。警方的判断一点不错。

而傅天南，却亲眼目睹了杀人的全过程，现场直播，他不得不看，因为“遥控器”不在他的手中。

杀人的第一现场，就是南溪岛地牢。手持“遥控器”的人，正是罗杰。

罗杰坐到傅天南面前，眼睁睁看着傅天南开枪杀死了丁康。

傅天南双手被绑在胸前，手里攥着那把冰冷的手枪，头像枯萎的牡丹，无力地耷拉着。疲惫、惊恐、恼怒、悔恨聚合在一起，面无血色，精疲力竭。他无论如何也不敢相信，自己亲手开枪打死了丁康。

他觉得自己就是个双手沾满鲜血的罪犯，和眼前的罗杰一样，是个不折不扣的罪犯、恶棍、流氓。尽管他是被动的、受胁迫的，但刚才还喘着气、活生生的人，此刻却像一条死狗一样，直挺挺地躺在自己面前不远的地方。

头疼欲裂，生不如死!

再度进入这个地牢已经四天了。他不知道自己还要住多久，也不知道这帮残忍的家伙会如何对待自己，但此刻他只求速死。结束生命对他来说，近乎奢望。若能一死了之，也不至于玷污了半辈子清白。

傅天南痛苦地闭上眼睛，他知道，歹徒这么做，就是为了折磨他，让他欲死不能。

恶人恶到极致，常会心性扭曲。作恶的歹徒，当然不会轻易放过傅天南。他们就是要击垮他的意志，摧残他的身体，一寸一寸切割他的神经。

罗杰手持一把寒冷白亮的剔骨刀，蹲下来，一寸一寸地抚摸着刚刚死去的丁康的尸体，像抚摸婴儿一般轻柔。他抬起头微笑着对傅天南说：“看看你，一枪就让他毙命，不愧是军中神枪手。”

傅天南咬牙切齿，恨不得生啖其肉，骂：“卑鄙，无耻，下流，你们如此毒辣，会遭报应的。”

罗杰依旧微微地笑着，忽作“大吃一惊”状，夸张地问：“报应？要遭报应，也应该是你遭报应啊，毕竟是你开枪打死了他呀。”

“我，我是被逼无奈。”

罗杰站起来，扬臂问天，说：“真是慷慨激昂啊，多好的辩护词。被逼无奈？警方会因为你的被逼无奈放过你吗？从法律角度说，他的死就是因为你故意开枪而导致的。从医学角度说，正是由于你的‘被逼无奈’，导致他停止了呼吸。你还敢说，你是无辜的吗？”罗杰面目狰狞地一字一顿，“你，才是真正的凶手！”

傅天南再次痛苦地闭上眼睛，刚才“砰”的那一声枪响又在耳边响起。耳膜深处，嗡嗡作响……枪响的时候，尽管他闭着眼睛，但他分明看到了丁康正瞪着双眼，仇视地盯着自己，手如魔爪，恨不得掐死他。

“砰”，傅天南又听到了那声枪响，耳朵嗡嗡……“砰”，又是一声，“砰”“砰”……

傅天南大骂道：“你还是不是人？变态，魔鬼。”

罗杰点点头，拿着刀，阴冷地笑笑，说：“确实如此，我现在已经不是‘人’了。以前，曾经，我也是‘人’，是个想当艺术家的‘人’，一个有理想、有严格道德规范的‘人’。”说着话，他的神情有点黯淡。

思绪一下回到了那些背着画夹，畅快写生的日子。如果不是那次偶然应聘，如果不是那次偶然遇到的老板，他可能还是“为稻粱谋”的平凡而普通的穷画家。只不过那时，他虽然穷，但他充实、自由。

跟着老板干了一段时间，他发现了老板的隐私，虽然也曾想过勇敢地逃离，可老板恶毒地告诉他：“你不干，想想你的父母。”那一瞬，他真的被吓怕了，因为他知道老板肯定下得去手。于是，他屈服了，他以为这是行孝，这是亲情……

他是这样为自己开脱的，可这一切，都破碎了。

“破碎了。”他自言自语道，“自从我的梦破碎的那一刻起，我就必须这么做，是这个社会毁了我，我要以血还血。”他“咯吱咯吱”咬着牙齿，恶狠狠地说。

傅天南义正词严地说：“不，这和社会没有任何关系，是你自己在作孽。放下屠刀，浪子回头，谁也不会嫌弃你。”

“得了吧。亲爱的傅大哥，你知道吗？或许你永远都不会想到，在乡下老家，我有七十岁的老母亲，父亲瘫痪在床。你们这些条件优越的人，恐怕从来也没有尝试过我们的辛酸。你们只知道享受，只想着及时享乐，有谁管过我们的死活！”

“那你也不能报复社会啊。”

罗杰走过去，瞪圆双目，切齿愤恨地说：“我本来想着，上了大学就能彻底改变命运，结果我发现，等我走出校门的时候，世界早已将我抛弃。可我呢，却幼稚到近乎疯狂地应聘、面试、投简历，希望找到好工作，希望做个堂堂正正的人。你知道吗？我想做个好人。”他苦笑一声，“好人！谁给我做好人的机会？”

傅天南显然没有料到眼前这个心狠手辣的歹毒之人，竟然还是个大学生，心中隐隐有了一丝同情，就说：“你应该相信，总有机会的。”

罗杰焦躁如狼，在屋里走来走去，时不时挥舞两下剔骨刀，说：“确实如此，机会来了！呵呵……我应聘到了这家公司，当上了经理。我开始幻想着通过自己的努力，实现自己的人生价值。”他忽然沮丧地扔掉了刀，掩面而泣，浑身抽搐。

其实，真正让罗杰屈服的，还是那次与老板的谈话，老板报复社会的那套理论，那套男人必须有钱才能得到尊重的观点，完全印入了他的脑子。这套理论和观点，唤醒了他顽强的自尊，带着忧伤带着执拗甚至带着一丝报复，期望一朝得势，让人仰视。就是这过度的自尊，让他的心性扭曲。

傅天南不忍打断罗杰的思路。他想，或许这是他的良心发现。这一刻，暗室里昏黄的灯泡发出柔和的光，墙壁不再黑暗，泛着几丝白色的亮光和金色的晕圈儿……

安静，寂静，沉静，宁静。

死一般的沉寂。

罗杰蓦地冷笑一声，说：“在我发现自己已经上了这条船的时候，一切都晚了。父母那么大的年龄，竟然被当作了人质。你说，我能为了自己，让老人丧命吗？所以……”他瞬间恢复为那个指手画脚、颐指气使的歹徒：“我必须学会生存，以暴制暴，懂吗？这个社会就是这么残酷，弱肉强食，适者生存。”

傅天南气得不住大骂：“你这个人渣，活该成为垃圾。变态狂，你不得好死。”

罗杰喃喃道：“古人早有定论，西汉刘向说，‘树曲木者，恶得直景’，凭你一个出租司机，还不配劝说我！”

傅天南虽然没有听懂他的话，可还不服输，说：“放下屠刀，立地成佛。你总听说过吧。”

罗杰再次轻蔑地狞笑，“柔情蜜意”地说：“大哥，我就是要让你也变得像我一样，心硬如铁。反正你现在已经是杀人犯了，不是吗？刚才可是你亲手开枪打死了他。”

“畜生，你这个畜生！”傅天南已经声嘶力竭，几乎喊不出声音来了，嗓音沙哑，“畜生，你是要遭天谴的，你的父母也要遭天谴的。”一听他提到自己的父母，罗杰勃然大怒，眼睛发红，反手一刀，就扎在傅天南的手臂上。

“啊！”傅天南惨叫一声，昏死过去……

醒来后，望着阴暗狭促的房间，傅天南心如死灰。他怎么也不敢相信，就在两天前，他还开枪杀死了杨存凯，罪上加罪，不可饶恕。

贪欲

杨存凯的死，却是因为他年少懵懂。他在自己构筑的发财之路上一路狂奔，觉得刺激，简直比网络游戏还刺激。

本来，他得到了瞿楠的七千块钱，如能见好就收，找一份安定的工作，暂时也可保证衣食无忧，过一段安定舒坦的日子，也不会惹下什么麻烦。即使警方找上门来，澄清事实，并无大罪。

可游荡已成习惯的他，偏偏希望天上掉下来的这个“馅饼”能一下砸疼自己，彻底改变自己的生活，提升生活品质，过一种镶着金圈的高雅生活。于是他周密部署，准备再次上网炫耀自己的东西。

他觉得自己聪明无比。女人狡猾，说好的一万块却只给了七千块。但女人再狡猾，还不是一样被自己耍了。耍猴一样地耍了。他听到自己的灵魂一阵狂笑！瞿楠拿到的只是笔记本的一部分，自己手里还有一部分的笔记本。

有这个馅饼，愁什么吃喝。慢慢等，这次一定要钓上个大鱼来才出手。

殊不知，梦想一朝钓大鱼的人，弄不好就被大鱼吃掉。

杨存凯根本不知道，一张罩着他的大网早已悄然张开。一方面，罗杰派人在江北县四处搜寻杨存凯的下落。另一方面，当打听到曾经有人在网络上出售所谓的秘密档案时，罗杰就开始派人在江北县城的网吧里，坐等杨存凯上钩。

罗杰等人已经看到了傅天南拍摄的视频，自然不会放过任何机会寻找这个精明的“卖家”。罗杰从视频上截图，打印出照片，摸清了杨存凯的底细。

杨存凯休息了两天。

本来，如他这样的无业小贼，找到他很容易，罗杰派出去的人，随便找个犄角旮旯，打听打听，就能从其他小贼身上找到线索。

可每次一听说有线索，马不停蹄找到地方时，才发现，他又人间蒸发了。每个可能的藏身之处，都不见他的影子。

按说罗杰等人居住的南溪岛距离江北县也就三十多公里的路程，警方又在四面撒网侦查案件，罗杰等人本该有所收敛，以免露出蛛丝马迹，给自己制造麻烦。

况且，老板“江姨”也指示罗杰，暂时不要找那个本子了，就让笔记本在社会上存在也好。“社会上乱一乱，也好。”老板亲口这么说的。

虽然不知道老板的心思，但罗杰丝毫不敢违抗“江姨”的命令。

可罗杰就是不甘心。那个笔记本上全是自己的笔迹，一笔笔数目都饱含着自己平日的积累，所有的辛酸、痛苦、酣畅、痛快都凝结在这个本子上。一时丢了笔记本，他像被抽了两管血，浑身疲软。

而且，根据罗杰自己的理解，“江姨”并没有彻底下死命令说“停止寻找”笔记本。“社会上乱一乱，也好。”他只是说“也好”，并没有说“好得很”。或许，是“江姨”给他留了个面子，毕竟，笔记本是罗杰自己写的，丢了，找不回来，老板不埋怨，只说“也好”，是让他自己反省呢。

所以，罗杰暗中依旧派人苦寻笔记本。

罗杰的心态，颇为挣扎。他一方面负责这个地下地沟油生产作坊的全面工作，另一方面却又在心里不断斗争，所以他才会在笔记本上故意写下“毒药”“哈哈”等字样。这是他内心里在和自己搏斗。

他非常清楚自己在干什么，大学里接受的良好教育让他明白，好多人在不知不觉中食用这种地沟油很可能会患上癌症、绝症。每年的新生畸形儿中，就有他的“功劳”。一个人独处时，他为自己的罪责内疚，就借助写恶毒的词语宣泄，期望减轻心中的痛苦。

但现在，这样的一份疗伤笔记竟然丢失了，他难以放过自己！

而同时，另外一个“罗杰”却又已经完全蜕变成为成熟的职业罪犯。他冷酷绝情，手段毒辣，在平常的管理工作中，如果哪个下属胆敢有半点不服从或者一丁点反抗，轻则断足断手，重则抛尸灭迹。

他觉得，既然通过正常渠道实现不了自己的理想，无法体现自己的价值，在这个地方，老板“江姨”让他拥有了成就感，他就要好好报答，做出成绩，对得起老板。他用这种狠毒的方式报复社会，也报复自己。

另外，从小受穷的他，心中还残存一丝幻想，希望通过自己的努力，攒够一大笔钱，留给父母或者带着父母，人间蒸发，离开这个罪恶的地方，找一处桃花源，过安然闲适、闲云野鹤的日子。还可以带上乔玲珑，写实生活，虚化生活，都可以。有钱能办到一切。

所以，矛盾心理支配下的罗杰，在黑暗与光明中同时驾驶两辆车，他自认为凭着聪明，永远不会撞车。他采用记笔记的方式发泄郁闷，现实中，却为老板“江姨”卖死命，忠贞不渝。他甚至感激老板给了自己这样一个机会。

这个隐藏起来的成功人士，尽管全社会都不承认，但他自己承认。有时候他为社会上那些人感到可悲，为什么明明知道地沟油有害，为什么明明知道价格低廉的油有问题，偏偏还有那么多人愿意拿性命作为代价。

想来想去，最后他得出一个结论，缺钱。说到底，还是钱闹的。所以，他就拼命地攒钱。

但这个杨存凯，却让他陷入了麻烦中苦苦挣扎，心中的郁闷无处发泄。他恨杨存凯，恨得深入骨髓。

试想，如果杨存凯不抢乔玲珑的笔记本，说不定自己早已从乔玲珑那里拿到手了。当然也就没有傅天南拍下视频、介入此事的后续了，更不会有《骤雨》杂志上连篇累牍的纪实报道了。

他必须找到这个杨存凯，将他碎尸万段，以解心头之恨。杨存凯才是罪恶之源。一想到因为他，自己不得不对女朋友下手，罗杰心中就隐隐作痛。

杨存凯究竟哪儿去了？为什么他经常活动的地方都没有他的影子？当然，罗杰也是太焦急了。毕竟，杨存凯只是消失了两天而已。

那么，杨存凯这个臆想和虚构中的“准富翁”，到底去了哪里？难道真的人间蒸发，不存在了？

杨存凯走得并不远，就在距离江北县五十多公里的西陆市。走的时间也并不长，仅仅两天。但对于急于找到他的人来说，就觉得无比漫长。

按说“螺丝”和“饭猪”，包括罗杰，都已经暴露了。有些东西，只能在阴暗的角落里存在，一见阳光就会消散。最起码，乔玲珑知道，傅天南妻儿似乎知道他们的长相，瞿楠虽然不知道罗杰犯下了什么罪行，但江北宾馆里至少也有惊魂一瞥吧。

可有些时候，他们就是这么狂妄、大胆、心存侥幸。不是不怕警方，而是利令智昏，不惜铤而走险。很多事情，乔玲珑倒是一清二楚，可现在她在罗杰手里，警方始终没有寻到有价值的线索。

最重要的，一回南溪岛根据地，他们简直有恃无恐。因为在地下，他们不仅有几个暗室，更有个无比大的车间。包括傅天南的出租车，都停放在这个地下宫殿里。

而这些地下宫殿，就属于老板“江姨”。当年这个岛还是荒岛的时候，老板“江姨”就是这个岛上的住户了。那时候为了防止再次遭受非人的待遇，他雇人做了好多工作。而且，这些地下工程的入口和出口，隐蔽得很，是常人绝对想不到的地方。

杨存凯到西陆市不是带着任务去的，而是乍然有钱了，他想去享受一下，摆阔一下，嘚瑟一下，提前彩排一下有钱人的岁月。男人有钱，最常去的地方就是红灯区。杨存凯也没有例外，他来到了有着“世外桃源”之称的桃源街。

街道狭窄而拥挤，地面上散落着受伤的感情碎屑。路边店面上各类“成人用品”“桔色用品”“印度神油”等招牌挨挨挤挤。红灯浓艳，蓝灯暧昧，黄灯朦胧，绿灯诱惑……窄窄的街上，浮动着皮肉焦灼的糊味儿……

不费任何周折，他就被一个小姐轻车熟路地拽进了屋子。他像树枝上的青苹果，被小姐“噌”地一下采摘了下来。

事后杨存凯回忆起来，总觉得有点本末倒置。他出了钱，应该算是“买家”，可整件事下来，自己根本就没有一点主动权，“卖家”反倒成了买家，完全按照她预定的程序匆匆忙忙就完了事。

还有什么？还该有什么？

吃喝玩乐，吃在第一位。

于是杨存凯就光明正大地找了个酒店，深深地陷入高大的靠背椅子里——他还太瘦，毕竟才十九岁。然后冲着服务生说："把你这里最贵的菜谱拿出来。"他的食指一挑，本来想画个优美的弧线，没想到服务小姐、脸颊上有酒窝的服务生、和他年龄相仿的小姑娘窃窃笑了一下。弧线就戛然而止，停顿下来，一根指头，僵硬地戳在眼前，像一根剥了皮的火腿。

他攒一下底气，装作发怒地问："你笑什么？有什么不对头吗？"

小姑娘急忙赔礼，说："先生，不是不是，你不该这么说，最贵的不合适。"弯腰施礼，姑娘眉心宛如红豆的美人痣，晃了杨存凯的眼一下，让他心里慌慌的。他眼里伸出两只手，生怕美人痣滚落下来。

杨存凯咽两口淡唾沫，粗声问："该如何说？"

"你是想显得有档次，够阔气吧？"

"对，有钱，不差钱。"杨存凯梆梆地敲着桌面。

服务生再次验证："先生，就你一个人？"

"是啊。"

"哦。这样啊，来我们这里的有钱人，如果是一个人，最多是喝杯洋酒或者吃碗面，倒是请客人的时候一万块两万块一桌的也有。"

一听一万块两万块，杨存凯倏地收敛了敲桌子的食指，拘谨起来，支支吾吾地说："那就来瓶五粮液吧，高度的。"

服务生说："菜呢？要不我帮你推荐个，你看成吗？"

然后十八九岁的服务生小姑娘帮他点了酱香水晶肘、莲花皇家豆腐，对他说："一硬一软，也足够你吃了。又有面子又不浪费，先生，你看成吗?”

“成，成……就先这样吧。”

五粮液端上来，杨存凯倒一杯，“滋”地举杯下肚，却没有觉出与往日的白酒有什么不同。他觉得还不如几块钱一瓶的二锅头那种有冲劲儿、上头的烈酒刺激。

吃完饭后，他匆匆逃离了酒店。摆阔不成，反而被小姑娘看成啥也不懂的雏鸟，他有点自惭形秽。“流氓不是一天练成的。”他再次自言自语地说。两手搓着，心中幻想着，在抠服务员的美人痣，心中稍慰。

然后，杨存凯又到超市买高档服装、手机、腕表……不到晚上的时候，手里已经剩下不到一千块钱了。

他打车往江北县返回的时候，总觉得缺少了点什么。

以为大把大把花钱，就能寻找到尊严，不想非但没享受到尊贵，反而因“业务生疏”惹人耻笑，一时胸中憋闷。

求死

乔玲珑被关在暗室里已经三四天了，老板发出了灭口的命令，罗杰知道，只要老板发出命令，就必须不折不扣地执行。

经过一连串的屠杀，他已经变得有点冷漠。乔玲珑虽然是他最贴心的女朋友，但毕竟这件事涉及身家性命，他自然也不敢掉以轻心。

他准备做最后一次尝试，要是乔玲珑能够说出知道的全部，或许老板能开恩饶她一命。

罗杰走进暗室，把其他人支退，亲自端过去一杯咖啡。

手臂已经被捆绑得麻木了，乔玲珑一下还难以扭转过来。看到罗杰给自己松了绑，她并没有过多的喜悦或者憎恨，只顾揉着麻胀的手臂。

几天来，她将该骂的都在心里骂了无数遍，尤其是罗杰。自己把心都掏给了他，没想到他却是个隐藏得最深的恶人，这让她感到无比沮丧，自己怎么就瞎了眼，看上这么一个道貌岸然的伪君子。

他自己做了这么多伤天害理的事情，一直瞒着她。怪不得那天她刚从家里出来，被杨存凯抢了笔记本，就一直有人跟踪，原来是自己认为最可靠的人在出卖自己。

出卖，她一想到这个词，就觉得无比肮脏。罗杰不仅出卖了他们俩的感情，还亵渎了她对未来的憧憬。她一直期待着，他能成为最优秀的画家，成为年轻的艺术家。如今，希望“嘭”的一声破碎，让她如何承受。

乔玲珑觉得自己就像被抛入了一个硕大的气球中，四周全是毒气，任凭如何呼吸，都无法逃脱死亡的厄运。骂着想着，后来她疲惫了，觉得不怨罗杰，只怨自己遇人不淑，分辨能力太弱。她把对罗杰的爱和恨一下转换为对自己的憎恨，她觉得只有速死，才对得起所有人。

因此，当罗杰端着咖啡递给乔玲珑的时候，他本来戒心很浓，怕她发脾气摔了杯子或者泼自己一脸、一身。结果，乔玲珑不但端起了杯，还轻轻地嘬了一口咖啡，让罗杰一时不知所措。

罗杰停顿了一会儿，调整一下心态，然后说：“玲珑，我知道，你恨我。”

乔玲珑仿若木桩。

房间里无风，但罗杰却感觉一股阴冷的风从心头掠过。

乔玲珑一动不动，连眼皮都没眨一下。

罗杰哀怨地说：“我也是万不得已，有千般苦衷。你知道，我是多么爱你，现在依旧深深地爱着你。”

乔玲珑抬起头，看了他一眼，眼光中仿佛溢出一把剑，刺向罗杰。

罗杰急忙躲过，继续说：“我不该这么对你。可你想过吗？我并不想让你卷入这场，这场……”他在选择词语，好表达得更体面些，“这件事中。可你说你，好好地当你的老师多好，为什么要卷入这场残酷的游戏中来？”

乔玲珑忽然问一句：“什么事？就你说的肮脏的这些，还配称作‘事’？你这事，猪狗不如。”

罗杰没有想到乔玲珑会一脚将自己踩死，以前她那么依赖他，丝毫也离不开他。罗杰认为，她从来就是个没主见的人，咋一下变得这么尖刻？

罗杰说：“每个人在这个世界上，都要扮演一个角色，我只不过扮演了一个你未曾想到的角色。”

“呵呵，”乔玲珑冷笑一声，“你说得轻松，倒好像谁逼迫你一样。我没有感到不适，你做得很好，你现在就是西陆市最优秀的企业家，简直堪称青年楷模、人中龙凤，宣传部门应该为你颁发杰出贡献奖!”

罗杰忍住怒气，理解地说：“你有气只管撒，朝我撒。我知道你心里憋屈。”

“憋屈？我有什么好憋屈的？我现在谁也不恨，只恨我自己，瞎了狗眼。”乔玲珑蓦地变得情绪激动，用左手指着自己的眼睛，“狗眼，你看见了吧，连狗眼都不如，猪眼，蠢猪的眼……”

见乔玲珑这么作践自己，罗杰一下扑上去，抓住她的手，心疼地说：“乔玲珑，你不要这样，我会难受的。”

乔玲珑甩开他的手，用咖啡倒在手上冲洗，说：“请你自重，别脏了我的手。”

罗杰说：“好好，我不动。”

沉吟几分钟，罗杰说：“既然你都知道了，我也不瞒你了。现在，你想方设法把本子交出来，或者告诉我，本子哪儿去了，我就放你回家。”

“哈哈，放我回家？你不怕我告发你？”

“不怕，能被你告发，我心甘情愿。”罗杰打出情感牌。

“我不是告诉你了吗？我撕碎冲到厕所里去了。”

“乔玲珑，你就不能认真点吗？那可关系我的身家性命。”

“我是认真的呀，从来都是认真的。”

“真的撕掉了?”

“撕掉了。”

“鬼才信。好好的，你上个卫生间，为什么要撕掉它?”

“我怕给我招来麻烦，你又不让交给公安局，不撕掉，保存它干什么?”乔玲珑这时已经抱定了赴死的决心，她心中悲凉万分，觉得自己已经出卖过傅天南，害了他的性命，她不愿意再出卖瞿楠。

最主要的，她是不想活了。准确地说，是觉得没脸在这个世界上活了。后半辈子背着灵魂上的欠账，她没有勇气继续活下去。她觉得自己和男朋友一起害死了好多人。

罗杰一时焦躁，怒而起身，举起手来，憎恨地朝着乔玲珑望了两眼。

乔玲珑也站了起来，走到他面前，鼻尖抵近，气息相闻，逼他道：“你不用生气，不就是想打吗？你打啊，你打啊。你拿把刀来，杀了我才痛快，不杀我，你都不像个男人。”

罗杰咬着嘴唇，一字一顿地说：“你，不……要……逼……我。”

乔玲珑鄙夷地说：“我懒得逼你，你不配。”忽然，她又脆声说：“对，我就是要逼你，怎么样，你不还是个软蛋吗?知道你就不敢对我怎么样。”

罗杰痛苦地闭上眼，悠悠地说：“我是爱护你。”

“谢谢你，我不需要。”

“你怎么就不懂我的良苦用心?”罗杰想说出来，老板让我杀掉你，话到嘴边，又咽了回去。

“收回你肮脏的施舍吧。如果此生被你保护，我觉得自己脏到极点了。”

她的话，深深地刺痛了罗杰。罗杰本想冒着被老板责罚的风险，拼死保护乔玲珑，可她竟然毫不配合，遂无可奈何地恢复冷静，问：“我只问你，本子哪儿去了？”

“冲厕所里了，要不要我去给你捞上来？”

“我最后问你一次，这是最后的机会，本子到底哪儿去了？”罗杰脸色发紫，嘴唇抽搐。

乔玲珑只管一味刺激：“你智商有问题啊，冲……走……了……”

罗杰缓缓地转身，走到门边，扶住冰凉的门框，摸一把胡楂，又扶住门框，低下头，深吸一口气，朝背后摇摇手，眼窝里噙着泪花，悲凉地说：“玲珑，怨不得我了，我也保护不了你……”

然后他双手击掌，“螺丝”和“饭猪”应声而入，朝罗杰恭敬地点头。罗杰颓然地说：“动手……吧。”然后，他一挺身，扬长而去。

“螺丝”和“饭猪”，迅速捆绑好乔玲珑，装在麻袋内，抬至江边一个石窝处，绑上一块大石头。

“扑通”，溅起蘑菇状的大水花……

夜晚的南溪江，平稳缓慢地向东流淌着……江边的水流，撞击着岩石，将愤怒一摔八瓣；江心平静如镜，水下的生物追逐着上演弱肉强食的经典剧目……

小贼之死

杨存凯再次上网炫耀所谓的发财大秘籍的时候，死神已经悄悄扼住了他的喉咙。

夜色阑珊，路灯昏黄。网吧一如既往地伫立在它应该存在的地方。今夜，杨存凯没有去环境舒适的网咖，而是找了一家往日熟悉的网吧。这里呛鼻的烟草味儿、汗臭味儿，同龄人骂人的痛叫声，游戏合作方的尖叫声，是如此亲切。

只有在这样的地方，一种久违的熟悉感涌上心头，才会让他心情愉悦。只有在这样嘈杂的环境中，他才会才思敏捷，他才是那个真正的杨存凯，实至名归的杨存凯，无须伪装的杨存凯。

他找了个两面靠墙的角落坐下来。这时，他是沉稳的、自如的。他发下第一行文字的时候，心里已经抱定了信念：没有五十万元，绝不出手。

发帖过后，他点燃一支烟，深深地吸一口，眯着眼睛盯着屏幕，陷入陶醉中。此时，他俨然是渭水河边的姜太公，静等周文王。

“好运一来，门板也挡不住。”十多分钟后，他的帖子就被人瞄上了。

对方说："把你东西的细节让我看看，如果觉得值，我就买了。"

杨存凯就给对方视频截图发过去一小部分，对方一看，说："成交，我们见个面吧。"

由于有了上次和瞿楠见面的经验，杨存凯怕再次与预期产生误差，所以对见面略有敏感，就说："直接给我打款，我们再见面，免得你反悔、赖账。"

对方回复："你当我傻啊，什么也没见就给你汇款。"

杨存凯说："傻不傻你说了不算。想要我的东西，就得听爷指挥。"

对方一听他如此决绝，当即服软，哀求道："总不能你说什么就是什么吧，这样，给你打点定金，然后我们见面详谈，可以吗？"

杨存凯想一想，对方的顾虑也不无道理，说："那你打一万元吧。"

对方说："定金也太多了吧。"

杨存凯说："那算了，我再找人吧，忙得很呀。"

杨存凯已经懂得运用韬略。

对方说："你小子够狠，好吧，为了让你放心，我打两万元。反正见不到东西，我可以起诉你诈骗。"

杨存凯说："你早该明白，这年月在江湖上，没点智商，最好赖在床上别出来，当宅男好了。"

最后双方商定，以五十万元成交。对方正是罗杰的人，反正不准备出钱，只准备见到笔记本，连人带货一块儿掠走，所以多少都无所谓。但整个讨价还价的过程进行得非常逼真，像个非常心疼钱的主儿。只有这样，杨存凯才不会起疑心。

交接地点选择在南溪岛。

杨存凯一听要去南溪岛，极力反对。对方的回复合情合理，如此巨大的交易数额，“在城里，太扎眼”。

杨存凯仍旧举棋不定，孤身一人上岛，倘若发生意外，如何自保？他第一次对钱心生惧意，尽管五十万元是他提出来的，但此刻他却后悔了，觉得太多了。大钱有大风险！

对方见他迟迟没有动静，料定他是胆怯，就激将道：“你别是没货吧！”

青春的血液是滚烫的，哪容如此嘲讽，杨存凯当即掷地有声地回复：“明天上午十点，见款提货。”

他认为，光天化日，总不至于杀人吧！

为保安全，他到超市里，买了一把瑞士军刀，和笔记本放在一起。回到出租屋，躺在床上，他告诫自己：任他说出老天来，不见兔子不撒鹰。

再锋利的刀，也挡不住人心的恶。整个交易过程几乎完全可以被忽略：杨存凯一露出笔记本的角，就被一根冰冷的泛着黑光的枪管给顶住了。乖乖奉送，然后乖乖被捆绑，简单得如同捆绑一只市场上的活鸡。

之后，杨存凯被押入地牢，借傅天南的手，被毙了。

而在杨存凯中枪挣扎到断气的那短短的时间里，他的脑海里所浮现的，全是后悔。

他后悔抢劫，随后卷入这祸乱中；他后悔贪婪，贪婪到想不劳而获五十万元，然后自己逍遥……

他更后悔的是离家出走，因为叛逆，他没有选择沟通，而是选择了逃避；他同样后悔没有坚持自己的梦想，而是顺从地去追逐母亲的梦想。如果他选择了沟通，告诉母亲，他的梦想仅仅是唱歌、音乐，可能结局并不是这样。

他后悔没有去行使自己最简单的权利：行孝。最初他以为，听话、为父母的梦想而努力、让父母满意，就是最大的孝心。可在这短短的一刻，他知道了，那不是孝心，而会沦为一种工具，学习的工具、扛责任的工具，在父母辛劳照看下负罪感越来越重的工具。

如果他能够大声告诉自己的父母：别剥夺我追逐梦想的权利，别剥夺我照顾你们的权利，别剥夺我寻求自我的权利，相信自己就不会离家出走。

他最后悔的就是自己没有勇敢去创造机会，如果他自己创造一个接近父母心灵的机会，掀开包裹在彼此心灵之外的亲情棉被，也许隔阂会少很多，彼此的了解也会更深刻。

在这一刻，杨存凯只想有这样一次机会，告诉父母自己的真实想法，他只是想快乐、健康，哪怕自己成绩差到倒数第一，他也希望能够活着、追逐梦想、做自己生命的主人。

然而此时，后悔已没有用处，而机会也已经一去不复返，他的视线、感觉、呼吸，都在消逝，他那尚且圆睁的双眼，仿佛看到了母亲，看到了欢笑。在他最后的意识中，只浮现了两个字：妈妈……

揭露“罪”

瞿楠找到宁周元的时候，亮出了手里杨存凯给的那部分笔记本，还有乔玲珑给的另外一部分笔记本。

宁周元看后，一语不发。少顷，他猛然站起来，双臂一扫，将茶几上的水杯、盘子一扫而光，大声地骂道：“匪夷所思，罪行滔天。确凿无疑，这正是地沟油生产的记录。”

所有杯子落地的瞬间，宛如银河系的星星被统统打碎了。瞿楠被他的气势彻底吓呆了，自从两个人交往以来，她还从未见宁周元发这么大的脾气。她一直以为像他这样饱经风雨的中年男人，定是宠辱不惊，“泰山崩于前，我自岿然不动”，不想一旦被激怒，依然如一头年轻的雄狮，鬃毛环立，双目圆瞪，大如牛铃。

可瞿楠心中却是温暖的，这是正义的愤怒，是知识分子的良知。她觉得，宁周元是真男人！

宁周元余怒未消地说：“你不要走了，立刻用两天时间，把这些都披露出来。我们要让全城展开讨论。我就不信，犯罪分子敢如此嚣张。”

瞿楠不无担忧地问：“我们……要不要先交给警方？”

宁周元坚定地摇头，说："我们先写出来，让广大群众都参与进来讨论，然后我们再交出去也不迟。万一警方不当回事，那我们不是白费力气了嘛。"

瞿楠感到奇怪，反问："他们咋会不当回事呢？"

宁周元说："这不光是警方的事，解决起来要涉及工商、食品、卫生等好多部门，不是那么容易的。并且……我有个私心啊，希望你理解，通过这件事，可以让你名扬四海。"

见宁周元盛怒之下依旧顾着自己，瞿楠柔柔一笑，这个男人竟如此多情而细心。男人到了这个岁数，真是又聪明又可爱。受他正义情怀的感染，瞿楠也慷慨地说："我倒无所谓，关键是不能放跑了这帮恶人。"

"放心，恶人就是恶人，你放不放，他就在那里，总有一天会露馅的。不过……"宁周元说到这里，竟然羞涩地对瞿楠微笑了一下，让瞿楠十分吃惊，人到这个岁数还会害羞？他接着说："之外，我也还另有点小私心。给警方资料之前，我们把情况揭露出来，对杂志发行量有利。要是给了警方，他们不让发，岂不前功尽弃？"

瞿楠不得不佩服他考虑得周到细致。是啊，自己忙活了这半年不说，还有《骤雨》杂志社的一帮编辑、记者，那么多人都在盯着这件事，如果就因为自己一时冲动而乱了阵脚，那就确实有点对不起大家。于是她说："我听你的，反正是迟几天早几天的事。"

"不过我得声明一点，我支持你发这些东西，并不完全是为了支持你，我是觉得，作为一个人，总得有点良知。如果作为媒体人，连起码的良知都丧失了，这个国家迟早要付出沉重的代价。所以，只有那些有良知的民族，才能永远屹立于世界!”宁周元慷慨激昂地说。

瞿楠无比钦佩地看着他，恍如回到二十世纪初的五四运动中，热血青年们情绪激昂，站在街头，振臂高呼：拯救民族危亡……

面前的男人，修长的身体，挺拔如竹，刚柔相济；清瘦的面庞上，颧骨凸出，如山之峭壁，硬朗有型；大大的瞳孔里，散发着慑人的光芒，足以震慑任何罪犯……

她默默地走上前去，揽住他的腰，沉浸在幸福的海洋里，用甜蜜搅动起道道涟漪……

她紧紧地揽住他的腰，不肯松手，生怕轻轻一放手，他就会被别的女人抢去。如果之前还只是崇拜、敬仰，此刻，瞿楠对他竟产生了无限的依恋，毫无原则的依恋。她觉得他就是一棵大树，自己这根柔软的藤，必须牢牢地缠住他，让他与自己融为一体，一起生长一起拥抱，永不分离……

此刻，瞿楠有宁周元在身边，是个有男人的女人。她对宁周元，已经彻底屈服了。她把最后一道防线也撤下了，她完全将自己交给了这个男人，觉得可以托付一生。

铁树开了花，浓郁的香气力道惊人，恨不得破墙而出……宁周元被瞿楠一把撂倒在沙发上……

艰难生活

自从公安系统发出通缉令后，傅天南的家，算是遭了殃。

每到晚上，总是有人偷偷往院子里扔石头，丈夫也不在家，王梅荣感到了深深的恐惧。她只怕，说不定什么时候就会突然跳进来一帮歹徒，把自己和儿子再次绑架。

她整天提心吊胆，晚上几乎睡不着觉。反倒是儿子傅大伟，刚上初中，每次听到扔石头就大声地朝门外喊："有种就露出头来，别当缩头乌龟。"每次，王梅荣都惊慌失措地去捂他的嘴。她知道，这是邻居们对他们的憎恨和鄙视，谁愿意和一个杀人犯的家属住在一块儿？

晚上再难熬还能撑过去，白天的日子简直如过街老鼠。以前关系非常好的邻居，现在见面都低着头，最多是点点头，话也不说，躲瘟疫一般躲着她。到菜市场买菜，菜贩子看见她，也是避之唯恐不及。

走在路上，王梅荣虽然面朝前方，可她总能感觉到，背后有无数双眼睛如射钉枪一般，"噗噗"地朝着她后背射钉，仿佛不把她的脊梁骨钉透，他们誓不罢休。她不敢回身，生怕背后的眼睛和手指，会将自己单薄的身躯戳个大窟窿。

尽管她坚信傅天南一定不会做下这么龌龊的事情，但两个杀人现场都留下了他的指纹，铁证如山，让她不由得心急如焚，心里说：“你这个死东西，躲到哪儿去了？也不管我们娘俩儿死活了，好好的一个家就这样被你给毁了。”

可她又是无比坚强，无论心里多苦，总是硬撑着保持着微笑，仿佛这一切都与她无关。

儿子傅大伟就没有如她一样“卧薪尝胆”般忍让，已经在学校同三个同学打架了。这几天每天回来都是鼻青脸肿，要是在往常，王梅荣早将他收拾了，可此时她知道，儿子在学校，一定也遭遇了和她一样的待遇，被同学们仇视。学校这次却是无比的宽容，没有劝退。或许警方不允许他们对傅大伟采取什么措施。

傅大伟必须和同学打架，他们太侮辱人了。一次，傅大伟在书包里发现了个死蛤蟆；一次，同学竟然当着他的面，诵读通缉令；还有一次，大块头的同学，竟然直接叫他——杀人狂魔的公子。

回到家，傅大伟把书包往床上一扔，说：“妈妈，我不去上学了，我打工养活你。”王梅荣瞬间感到天地塌陷，眼前一黑，几乎栽倒在地。

慢慢缓过来后，她扯着嘶哑的嗓子喊：“大伟啊，你要是再不去学校，妈妈就死给你看，等你爸爸回来，一切就都过去了。听话，听妈妈的话，行吗？”儿子傅大伟乖乖点头，又坐下来做作业了。

但这毕竟不是个事啊，傅天南，你在哪里，活要见人死要见尸，你总得出头露面啊。

第四章　曝光的罪恶

披露恶行

现场一片混乱。

真相令所有人触目惊心。

这是南溪岛一座废弃的养猪场。

百米开外，所有人都能闻到一阵阵令人作呕的腐臭味道，所有人都被一种刺鼻的味道刺伤。

可以判断出，就在几天前，这里还在生产。

几个硕大的水池里，盛放着不同成分的原料和半成品。南边的池子里，是还没有来得及处理的潲水。紧挨着这个池子的，是第一道工序刚刚分离出来的“毛油”，表面上漂浮着泛着绿光，发黄、黏稠的液体。

一群群苍蝇像密集的战斗机轰炸机群，嗡嗡着飞来飞去。敞篷车间里，堆放着已经装了桶和来不及装桶的地沟油，以及熬制地沟油的简易炉灶，工人们扔掉的靴子、皮鞋、铁桶、方便面袋、袜子衣裤、发霉的面粉、煤球、化工试剂，宿舍门口卧着病恹恹的一只生癣的狗……

拉潲水的三轮车车厢和车把上，散发着酸酸的味道，油光发亮的黄斑，像车的脂肪一样，油腻地包裹着三轮车……

空气中，弥漫着极度的愤怒和憎恨的气息，仿佛谁划一根火柴，便能让这股气息爆炸。这些人中，有西陆市人大常委会教科文卫委员会成员，有市人大代表，有市质监局、工商局、公安局、环保局等众多单位的行动组，阵容强大，人人都义愤填膺，为第一次见到如此藏污纳垢的地方惊诧不已。

有人说："这样的人，丧心病狂，将人性的良知尽数泯灭。"

有人说："如此戕害人类的行径，必须予以严惩，当事人和相关部门应该作出深刻反思。"

还有人说："如果不是记者实地暗访，根本想不到在南溪岛这么优美的地方竟会有如此邪恶的事情发生。匪夷所思，匪夷所思……"

"令人发指！"

"十恶不赦……"

"把赚取金钱建立在毒害人类生命之上的这些人，是城市的毒瘤，必须依法予以坚决铲除。"工商和质监人员在忙着取证，公安人员则开始四处搜寻，以求发现更多线索，从中找到突破口，查出幕后真凶。

电视台的工作人员一刻也不停歇，站在镜头前，记者表情严肃、深恶痛绝地解说着；报社的记者们则在忙碌地往笔记本上记录着领导们的每一句讲话；摄影记者在变换着角度多方位选取视角，拍摄下一帧帧取材独特、震撼力超强的照片。

大家在忙碌的同时，还要小心躲避地下的积水、塑料袋、塑料桶、铁锅碎片、铲子、推车、堆积的油桶……

几个来不及跑掉的痴呆老人，半聋半哑，茫然地望着这一群人。面对镜头，他们只是迟缓地说："我们就是养猪的工人。""不知道。""不清楚。"

不远处的猪圈里，还有几十头半大的猪，正在酷热的猪圈里焦躁不安地窜动、嚎叫，狂躁而兴奋地一次次抬起前蹄，趴在水泥猪圈的围墙上观望着蜂拥而至的人群……

当晚，西陆市电视台播出专题新闻：

> 今日，我市多部门联合执法，成功捣毁一个制售潲水油的大型窝点。
>
> ……

镜头前，西陆市公安局负责此次行动的副局长介绍："今天上午，西陆警方同工商、质监等多部门，联合执法，成功端掉了一个常年制售地沟油的窝点，抓获嫌疑人五名，另有几名犯罪嫌疑人在逃。目前，警方已经迅速展开了排查，正在对涉案嫌疑人员进行追踪抓捕……”

工商局副局长说：“我们是今天早上接到群众举报的，接到举报后，我局立刻组织人员对案发地点进行了查封。现场共查扣成品潲水油35.4吨，其他半成品129桶，约4吨……”

质监局大队长说：“经过对这次查获的潲水油进行分析，初步认定这是一起性质严重的重大食品安全犯罪。经检验，现场查封的潲水油中，有毒成分含量均超标。其中……”

人大代表呼吁：“地沟油制售现场，环境恶劣，设备简陋，生产的地沟油已大量流入市场。对于这种令人发指的违法行为，全社会都要行动起来，进行抵制。为什么这些人能够存活下来并且有利润可赚，依我看，违法成本低，守法成本高，是造成食药品安全犯罪日益严重的根源。下一步，我们人大代表要根据调研资料，提出涉及食品安全的法制健全提案，确保人民群众能够吃上放心油……”

更有人大代表感慨：“正是因为利益的驱动，才让这些人敢于铤而走险，走上了犯罪的道路。这些涉及食品药品安全犯罪的人，简直可以说是无孔不入。这就要求工商、环保、质监、公安等各个相关部门必须要保持联动，建立长效机制。因为单靠某一个部门，是无法从根源上打击食品药品安全犯罪的。同时，法律也需要更加完善，对食品药品安全犯罪重处重罚。”

一位老同志眼含热泪地说：“无论采取什么措施，决不能让潲水油流向老百姓的餐桌!”

新闻节目可谓催人泪下、感人至深，江北县电视台进行了同时段转播。

镜头一转，干净整洁的主席台上，西陆市警方与工商、质监等多部门代表，手握钢笔，在“严打食品药品安全犯罪”的协调文件上签下神圣的字。

记者出镜，介绍说：“针对日趋频繁的食品药品安全犯罪行为，市委市政府召开紧急会议，部署下一步打击措施，于今天下午，西陆市公安局与工商局、质监局签署了共建平安西陆协作纪要，三方将就严打食品药品安全犯罪形成长效合作机制。”电视镜头切换，《骤雨》杂志封面出现。接着，报道中说：“近年来，我市青年女作家瞿楠，坚持走纪实文学的路线不动摇，深入一线，不畏艰难，写出了一篇又一篇极有深度的纪实力作……近日，由她采写的《醇香味道　无形杀手》长篇纪实报道，创造了近年来文学杂志畅销的一个奇迹。《骤雨》杂志连续多期加印，对促进我市文化产业转型提供了一个有益的借鉴……”

宁周元也作为杂志方阐述了近年来《骤雨》杂志的一些改革措施。

发表文章

瞿楠在江北宾馆接过乔玲珑的笔记本，第一时间就赶往宁周元的住处。陷入深爱的人深信，爱情包治百病。生活之乐之忧，当最先与爱人分享。

在屋里，宁周元激情慷慨，要她勇敢地站出来发声。

瞿楠一开始是有顾虑的。她担心这些东西一旦公布于众，可能引起社会恐慌。笔记本上的记录，万一证据不确凿，岂不是误导了百姓，让警方走了弯路。

宁周元鼓励她道："你要公布的，只是你的所见所闻所思，你并不应该承担案件侦破的责任。要是那样的话，还要警方做什么？"

瞿楠听着有理，这才放下思想包袱，在宁周元的支持下，有选择性地公布了笔记本的内容。文章发表之后，《骤雨》杂志发行量井喷式增长。此后，瞿楠才及时将证据交给了警方。

电视台播出了采访作家瞿楠、主编宁周元的新闻后，为了庆祝这场不小的胜利，宁周元将瞿楠叫到了西陆市。

单单从个人角度看，这场波及全市的地沟油事件中，他们两个人无疑是最大的受益者。瞿楠名声大噪，宁周元让杂志在期刊市场整体低迷的大环境下取得了"洛阳纸贵"的奇迹，名利双收。

宁周元亲自下厨，做了一桌子美味佳肴，笑眯眯地盯着瞿楠，端起红酒杯，缓缓一举，说："来来，敬伟大的瞿作家，你终于再一次证明了你的实力。"

瞿楠仿佛不大高兴，眉头紧锁，说："我总觉得，自己的这个成功，有点龌龊。"

“这从何说起?”

“总之，代价有点大。你想想，此刻，我们在这里举杯相庆，不知道有多少老百姓还在吃地沟油，无数人正陷入疾病的困扰中。一想到这些，我就高兴不起来。虽然看起来是消灭了这个地沟油销售生产地，但别处，一定还有更多更隐蔽的作坊在制售地沟油……”

“你这就越界了啊。我虽知你‘处江湖之远则忧其君’的宏大志愿，可咱操不起这个闲心。来来，饮了这杯……”宁周元举杯相邀。

“可是，我心难安啊。我担心地沟油会一直存在。”

见她如此低落，宁周元稳稳放下杯，将她揽入怀中，轻轻地拍打着，像安抚一个心灵受挫的儿童。在他心里，清楚地了解，别看瞿楠平日里常是一副冷峻面孔，其实内心里炽热滚烫。

他知道，这是“文学病”，尤其像她这样的女作者，常以为，靠着文字，笔挑黑暗，便会晴空万里，阳光明媚。虽然他心如明镜，却不能“揭穿”她。依着她的个性，即便是他，也不能轻视她的作用，否则，她定会勃然大怒，甚至拂袖而去。

瞿楠就是这么一个人，依赖起男人来，小鸟依人，呢喃缠绵，可一旦触及她的精神底线，就会异常暴躁，蛮不讲理。

瞿楠一动不动地缩在宁周元臂弯里，心中却另有所思。他的手臂依然如往常，温暖、有力，可此刻她却觉得有些生硬。当初，自己提出想写这篇报道的时候，他是坚决反对的，甚至还吓唬她说："一旦你触动了这些人的底线，夺了他们的饭碗，他们会不择手段、丧心病狂地与你斗争。你会有生命危险。"

这是多大的爱护体贴呀！让她心生疑惑的是，当她真正决定之后，他却又积极鼓励，让她想尽办法靠近他们，拿到最有力的证据。

这突兀的一百八十度的大转弯，让她开始怀疑：这个男人，究竟是不是那么在乎她？

"好了，不要乱想了，现在警方已经介入，我们不必担心了。"宁周元劝道。

"我问你，我在你心里，究竟占据什么地位？"

"怎么又这样问？"宁周元将她的身子扭转过来，面对面，鼻尖抵近，盯着她，诚恳表白："你难道还怀疑我对你的感情？"

"我问你，为什么我去南溪岛，你不阻拦？"瞿楠两手揪住他的耳朵，紧追不舍地逼问："你说，你说……"

宁周元无辜地苦笑，说："你讲不讲理，是你自己一心要去的。"

瞿楠扬一扬下巴，噘着嘴问："你就不担心我中了歹徒的圈套？"

"我怎么会不担心呢？我不也劝过你，别蹚这浑水，你听我的吗？"

瞿楠双手松开，将头埋在他的肩头，失落地说："我看你就是不在乎我，你若硬拦，我会真的不听吗？你就是嫌弃我了……”

宁周元被她无厘头的胡搅蛮缠气笑了，连连道歉，说：“好好，都是我不好，是我错了，以后再也不敢了。咱不生气了，好吗？”

“你以前说过的，还管用吗？”

“什么？”宁周元一时愣住。

“瞧瞧，我就知道你心中没有我。”瞿楠用力一把推开他，兀自坐到沙发上，愁肠百结地说，“还说‘只许州官放火，不许百姓点灯’，我算是个‘州官’吗？”

听到这里，宁周元“扑哧”一笑，连声说：“州官大人，算数算数。”举起手指，做发誓状。

原来，二人曾经有约：瞿楠可以自由地与任何男人来往，宁周元却只能对女人们避而远之，只对她一人好，心里只能装她一个人。

宁周元信誓旦旦地答应过她。因为他知道，像她这样自恃为美人胚子的大龄女人，长期视己为珍珠，只有让她拥有这种不对称，她心里才会平衡，才会安宁笃定。

见他重温誓言，态度诚恳，瞿楠才渐渐露出笑容，半推半就地认可了他的庆功宴是出于一片真心。两人慢品细斟，热饮几杯。

不知不觉，又聊起了这个报道。

瞿楠依旧在“写了文章，却无力挽救”的想法中不断自责，她说：“当初，我就不该听你的。如今，不知道多少百姓，都心中惶惶不安，我该直接把证据交给警方。”

宁周元说：“结果不都一样吗？现在，证据不是在警方手里吗？”

“大不一样……若是我不写，百姓就不会恐慌。”

“可你呢？你的名声呢？大家会不会笑话你，半途而废。要知道，你的文章上末尾可是‘待续’两个字。”

“我不管，就是心里难受……”

“你可以不管，我不行……”宁周元说，“你为了这件事，准备半年，追踪半年，没日没夜，废寝忘食，你就忍心让自己的一腔辛苦付之东流？你就忍心让读者因为看不到下文而怨恨《骤雨》，让我一同受牵连？”

“怎么？为我受牵连，你不愿意？”瞿楠双目圆瞪，大如牛铃。

宁周元愤慨地高声说：“我当然不愿意！”

瞿楠惊愕地看着他，张口结舌地说：“你，你……”

宁周元慷慨陈词：“我为你的辛劳付出叫屈，所以我不愿意！我为我有如此重量的好稿子，杂志却半途而废而憋屈，所以我不愿意！”

瞿楠一时感动得眼热心暖，猛然起身，飞扑上去，钩住他的脖子，温存地嗔怪道：“就不许你说……就不……”

她轻声地说：“剩下的，你看时机合适了，自己作决定吧。”她已经被这个男人融化了……

当初，瞿楠将自己从乔玲珑手中得到的笔记本给宁周元看时，她是真的被他的社会责任感给镇住了。他说："一定要公之于众，哪怕引起社会大讨论，总比遮遮掩掩要好。就是要在全社会形成舆论氛围的压力，暂时乱一点没什么，为了将来好。"那时，瞿楠就感觉到，宁周元为了她私而忘公，心中虽有微词，可对于她这样的大龄美女，好不容易遇到真爱，最难抵挡爱的滔滔江水，所以也就默许他藏一回私。

而宁周元却"私而又私"，把笔记本中好多罗杰与老板交谈的内容，以及进货中酒店老板的询问、顾虑等核心情节，通通撕掉了。

本来瞿楠是不同意的，觉得他私心太重，只图二人名利，不顾大局，实在不妥。

可宁周元虎着脸说："莫非你是真糊涂？你以为现在朗朗乾坤，所有的事情都光明正大？这些东西你都看了，有这些东西在，警方就会纠缠住你死死不放，调查、取证、询问，没完没了。如此一来，你的很多宝贵时间和精力，都会被浪费。他们的问话枯燥单调，我可不愿意看见你为了这些事憔悴。可如果没有这些情节，他们就不会找你的麻烦。你有选择地上交资料，既为社会作出了贡献，又不伤及自己，才是最明智的选择。"

瞿楠呆呆地看着他，就是喜欢他这种成熟男人的足智多谋，懂得在任何时候保护自己，保护爱人，这正是成熟男人最大的魅力。

“可我要这些东西有什么用？我往哪儿保存呀?”

“我替你保存，若有危险，我来替你承担。”瞿楠缓缓点头，跌入温柔乡……

嫌疑犯

狐狸尾巴终于露出来了。

这天，傅会任悄悄去了乡下，见了傅天南的母亲傅江雪。

当然，他的行踪，早已被警方掌握得一清二楚。

一回到江北县城，警方立刻对他进行了讯问。

这次，刑警队队长亲自负责，问：“你最近有什么需要向警方提供的线索吗?”

傅会任说：“没有啊。”

队长说：“你可要考虑清楚。”

傅会任答：“我想得很清楚，确实没有什么值得汇报的。”

队长问：“你找傅天南的母亲干什么?”

傅会任说：“员工失踪，表示慰问。”

队长说：“只是问候?”

傅会任说：“只是问候。”

队长说：“都说了什么，具体说说。”

傅会任说：“我是这么考虑的，傅天南是个孝子，他的所作所为，给社会造成了如此大的伤害，我希望他妈不要包庇，应该挺身而出，与人民站在一起，劝说她儿子，早日投案自首。”

“你真是这么说的?”

傅会任迟疑了一下，支支吾吾地说：“是……吧？记不太清了。”

队长说：“再好好想想，你都说了什么。”死死地盯住他。

傅会任沉默了，低着头，一句话不说。

虽然傅会任不再答话，可沉默的气氛，有些压抑，不知不觉间，他额头上冒出了汗珠。

说实话，警方虽然见他冒汗，却不能对他采取任何措施。因为，他说过的话，警方已经了解得一清二楚，虽然仍旧怀疑，但确实找不出破绽。

傅会任和傅江雪说话时，一再强调，傅天南是孝子，她的话，他会听的，希望母亲多劝劝自己的儿子，不要做傻事。既然杀了人，就要勇敢承认，争取宽大处理。若是傅天南有什么顾虑，尽管提出来，公司会尽量支持的。平时公司对他的照顾不够，希望傅母多谅解。

“当然，若您不知道他的下落，就老老实实和警方说，他们会理解您的。”傅会任“诚心诚意”地对傅江雪说。

傅江雪那天晚上被儿子硬逼着来乡下妹妹家躲避，并不知道几天时间里，傅天南已经成为了通缉犯。猛然听傅会任说儿子杀了人，她心里早已慌乱如麻，根本无心听他唠叨。可既然公司领导上门来开导她，自然不能太过于冷落，于是便耐心地听傅会任讲了这么多。

关键的对话在傅会任即将离去时，他对傅江雪说：“母子连心，我知道您心里不好受。毕竟，儿子被捕入狱，做母亲的，谁不心疼。”

“我儿子不会入狱的，他不会杀人的，一定是有人栽赃。”

“不会入狱就好，最好不入狱……”傅会任撂下这么一句令人费解的话，才离开。

……

所有这一切对话的细节，傅江雪都告诉了警方。令警方不解的是，傅会任的话，究竟什么意思？难道，他不想让傅天南入狱？不想让警方找到傅天南？为什么？

可他的话，隐晦生涩，令人费解。

刑警队队长之所以没有直接说出这些话，而是采用旁敲侧击的方式问傅会任，就是想逼迫他现出原形。

可傅会任一语不发，让审讯陷入了僵局。

一时找不到傅会任更大的嫌疑，只能暂时将他放了。

面具人

尽管当英雄，完成人生的第三次冲动，是傅天南的终极梦想，可此时，他后悔不迭，哪怕一生当狗熊，也不该卷入这场生死祸端中。

他在暗室里被迫枪杀杨存凯之前，一个戴着面具的人，给他上了一堂生动而残酷的生死课程。

昏暗的囚室内，一抬头，便看到了面前这个人。尽管懊悔不已，但一见此人的装扮，傅天南依旧难忍血性男儿的愤慨，胸腔里充满无所畏惧的勇气——他戴着面具！这就足以证明：邪不压正！

这是一个骷髅头面具，骷髅的表情，像是在笑，又像是在哭诉人世间的不幸。

面具人悠悠地说："你不是想当英雄吗？想要拯救人类。好，我给你个机会。"虽然这人捏着嗓子，但傅天南还是觉得，这声音，似曾相识。

见对方终于露出狐狸尾巴，傅天南反倒不怕了，觉得这个人胆怯了，就故意激他："是的，我就是这么有种。不像你，龟缩在面具里，像个躲在角落里的臭虫。有种的话，你将面具摘下来。"

"呵呵，"面具人轻轻地笑，"你不用激我，这点涵养我还是有的。我戴着面具不是为了在你面前掩藏身份，我只是觉得这样更好玩更刺激！"

"好玩？得了吧，你不过是为自己的懦弱找借口罢了。你甚至还不如你身边的这些马仔，他们都敢以真面目示人。可看看你，像个王八，躲在壳里面缩头缩脑。"

傅天南本以为，这样恶毒地贬损他，面具人必定会恼羞成怒。没想到这人反倒乐了，说："好得很！看来我没有看错你，把你当作实验对象，再合适不过了。"

“实验？什么实验？”傅天南显然不知道下一步会有什么等着自己。

“对，是个关于人性的实验。我要让你一步步变得被这个社会所不容，让你体验有苦说不出，有冤难申诉，家人遭唾弃，亲人躲避你，社会仇视你……总之要让你这么一位见义勇为的英雄，变成人人憎恨的狗熊、地痞，要让你蜕变成流氓、走狗、人渣。”说着话，他低下头来，凑近傅天南，压低声音问：“你觉得，这样的实验游戏，有意思吗？够不够刺激？”

“呸！无耻。你以为人人都像你，你以为我会听你的话？我宁肯死，也不愿与你同流合污。”

“说得好！大义凛然，荡气回肠。我就佩服你这样的人，有骨气！你越有骨气，到时候效果越明显……告诉你……首先，我要让你成为杀人犯。”他的牙齿咯吱咯吱响，似在啃噬傅天南的骨头。

傅天南心想，我默不作声，看看你这龟孙能耍什么手段。

只见面具人闪到一边，杨存凯被“螺丝”带了进来。

曾经风华正茂的年轻人，此时已经瘫软成一堆肉泥，浑身哆嗦，手里拿着一把匕首。

面具人对杨存凯说：“杀了他，就放了你，你们两个人之间，只能活着走出去一个。”

杨存凯颤巍巍地说：“放了我吧，我什么都不要了，求你了。”

面具人头一摆，“螺丝”递到傅天南手上一把枪。

面具人对蹲在地上的杨存凯说："看看，黑洞洞的枪口，此刻就对着你。你不动手，他就会开枪杀了你，然后他就可以在海滩上享受日光浴，怀抱美女……这是多么惬意的场景啊……你好好想想……"

傅天南忽然将枪口一转，瞄准面具人，毫不犹豫地叩动了扳机。

"砰！"

"砰，砰，砰！"面具人用嘴模拟着枪声，哈哈大笑："我的大英雄，你肯定特别想看到我倒在血泊中，绝望地挣扎，你胸中好出一口恶气，对吧！可你想过吗？我有这么傻吗？"

说罢，他突然停住脚步，站定在屋子中间，恶狠狠地说："我不傻，也不是白痴，也不是弱智，我是强者！最大的赢家！所以，你们必须都服从我的决定，不能耍一点花样，明白吗？"

面具人转身对杨存凯说："给你三分钟思考时间，你如果决定不动手，那么，今天就是你的祭日。来年，你父母一定会为你焚烧很多纸钱，你就到阴曹地府当有钱人吧。"

杨存凯从来也没想过要杀人。

面具人悄悄退出去，"螺丝"走过来，把子弹装入枪内，迅速上膛，两步退出屋子。

听到屋外的面具人喊："开始了！游戏开始了。两个人，只能留下一个活着走出这屋子。"

杨存凯不去想如何对付面具人，却突然"扑通"跪倒在地，对傅天南哭泣道：“叔叔，你放过我吧，我才只有十九岁，家里就我一个独苗。如果我死了，我爸爸妈妈就没人尽孝了。求你了，叔叔，放过我吧……”

傅天南被杨存凯抱住大腿，不停地摇晃，心如刀绞，一阵阵抽搐。杨存凯的话，如片片锐利的玻璃碴子，一下一下在他心头划过……他忍不住潸然泪下，对杨存凯说：“孩子，放下你手中的刀，我不会开枪，你放心，我宁愿自己被你杀掉，也绝不会开枪的……”

面具人在屋外喊道：“还有不到一分钟，杨存凯，你生命的最后时刻马上就要到来。60……50……40……30……”面具人对杨存凯说：“年轻人，站起来，‘扑哧’一声，刺入他的肚子，你就自由了。还有不到20秒，19，18，17……”

傅天南朝着屋外高声大叫：“你这个丧心病狂的恶魔，你不得好死，老子做鬼也不会放过你。”

“5，4，3，2，1……”

面具人大喊一声：“动手！”

屋里唯一的电灯蓦地被拉灭，杨存凯发出一声绝望的惨叫，将匕首刺向傅天南……

电灯再次拉亮。

杨存凯倒在血泊中，手中的匕首像个惊叹号，直直地指向傅天南。

傅天南目瞪口呆地盯着眼前的杨存凯，瑟瑟发抖，他不敢相信自己竟会开枪，亲手杀死了这个年轻人，他能够看到年轻人倒地抽搐的凄惨，甚至能够感受到年轻人眼神里的悔恨、渴望和悲凉。他看到杨存凯临断气前眼里流下的泪水，那一刻，他仿佛听到这个年轻人在喊“妈妈”……

面具人走进来，“螺丝”收走了傅天南手中的手枪，用红布包裹好，像保护一件重要文物。

面具人无限“惋惜”地摇着头，说：“看看，你做了什么！你多么残忍。你明明刚才答应了年轻人，你不会开枪的。你说谎了，你害怕了，你多么自私，简直是卑鄙无耻。当面一套，背后一套。口蜜腹剑的小人，说的就是你，对不对?”

傅天南此刻意识混沌，懵懵懂懂，乏得骨软筋酥，再也无力争辩。他不知道刚才是怎么了，为什么会突然开枪，难道自己真的惧怕死亡？在黑暗来临的那一刻，他出于本能，感觉匕首刺来的一瞬，还是扣动了扳机……

傅天南觉得，自己真的和这些罪恶的歹徒毫无二致，简直就是一个比歹徒还恶毒的滔天罪犯，死有余辜！他只求速死。

面具人却不肯罢休，冷笑数声道：“记住，你还会有第二次、第三次。你将杀死好几个人，然后，满城都是抓捕你的通缉令……你放心，我都为你设计好了。即使你想自首，也会有我们的人暗中保护你，替你开枪，当面杀死警察。所以，你的杀人之路，开始了……”

面具人的声音，如飞机起飞时发出的巨大轰鸣，压迫得傅天南耳膜欲裂……他从来没想过，这世上还有比“死亡”更令人恐惧的事情，这是令人窒息的恐惧……一时间，气恼、懊悔、悲怆、愤恨齐涌心头。“啊——”他发出几声歇斯底里的喊叫，昏死过去……

更让傅天南没有想到的是，两天后，自己竟然再次用同样的方式将丁康杀死。他再也不能原谅自己了，陷入了深深的自责中。他没有想到，平日里万事不求人、从不怕恶势力的自己，竟然在生死关头，一次次为了保护自己的生命，杀害别人，真是罪孽深重！

如果第一次开枪还能说是生理反应，是本能，那么第二次，他无论如何也找不出理由为自己开脱了……

他根本想不到，数天的折磨、摧残，他早已意识模糊、神志不清，手拿手枪，扣动扳机，只是机械动作……是想通过这致命一击，用仇恨的子弹击毙歹徒……

可傅天南最终还是逃了出来……

丁康和罗杰死后，负责看守他的“螺丝”确实是个没脑子的家伙，待不了一会儿，就呵欠连天……

这天，傅天南在吃完晚饭后，发现捆绑自己的绳子因为连日挣扎渐渐松动。趁着昏黄的屋子里没人，他利落地解开了绳子，但还是装作被捆的样子，然后便喊起来：“我肚子疼，肚子疼。”

刚开始，“螺丝”并没有搭理他，但架不住他一个劲儿喊叫，就不耐烦地说：“大男人，能疼死你啊。”“螺丝”之所以搭理他，是因为老板“江姨”交代过了，暂时不能让傅天南死。“螺丝”怕傅天南真的害病了，所以才来查看。

等“螺丝”一步步靠近，傅天南突然将手从背后抽出来，用绳子死死地勒住了他的脖子。“螺丝”双手牢牢抓住绳圈，企图挣脱，无奈傅天南人高马大，在挣扎了几分钟后，“螺丝”一动不动，瘫软地耷拉下了脑袋……

傅天南确认“螺丝”已经死去，急忙从他身上搜出那把枪，然后匆匆忙忙地打开一个小门朝外面跑去。他虽然隐隐约约看到地下有很大的空间，但他此时只顾逃命，无暇细看。

出了小门，是个狭长的通道。通道里黢黑无比，他只管拼命朝前跑，手里紧紧地握着那把手枪，生怕会遇到人。蹊跷的是，他并没有遇到一个人。走到尽头，他发现一个向上的梯子，傅天南先静下心来屏住呼吸，待确认一点动静也没有，才急急忙忙朝上攀登。

梯子不高，洞口是一块大石头。爬出洞，他发现自己已经处在一片树林中，场景看着有点熟悉，等躲在暗处仔细辨认后，傅天南吃了一惊：洞口竟然是乔玲珑的老屋大门正对面。

看来，这个老屋很有来头。

那么，乔玲珑会不会也是这帮团伙中的一员呢？

傅天南脑子很乱，他觉得必须找个地方先隐藏好。

回转身看了一眼，他见洞口是个石狮子：自己竟然是从石狮子口中钻出来的。太隐蔽了！

他回头推了推，发现根本推不动。原来，这石狮子口中藏有机关，只能从里边出来，不能从外边进去。如果石狮子的口中足以钻入个人，估计也早被人发现了。

此时正是夜半时分，他想尽快找个地方先养精蓄锐，保存体力，再作计较。

躲在密林中休憩了半个多小时，他活动了一下手臂和腿脚，感觉浑身有了力气。正要从草窝里慢慢起身，忽听得背后一阵风袭来。仓皇失措间，他猛地跳起来，用一个标准的擒拿动作，一下卡住了这人的喉咙。军人生涯的那些军体拳，他还时常练习。

“哎呀！”一声娇嫩的惊叫，让他吃了一惊：怎么会是她？活见鬼！

玉坠

此时，西陆市与江北县组成的专案组，正在紧锣密鼓地全城缉拿傅天南。汽车站、火车站、码头、收费站等人员密集的地方，撒下了天罗地网。通往江北县各乡镇的路口，也都布置了公安人员，对过往可疑车辆逐一进行排查。

傅天南对此一无所知，他只想尽快回家，澄清事实，洗刷冤屈。

在另外一间干净的屋子里，老板“江姨”正在对手下布置：“只要傅天南一出面，敢向警察靠近，你就开枪。仓促之下，不是警察杀了他，就是他杀了警察……”

夜深，露重，南溪岛一片死寂。此时，乔玲珑的老屋里，空无一人。几天来，进进出出的人们，在这座院子里，上演了一幕幕人间悲剧。

地沟油生产作坊虽被彻底查封，但幕后老板却始终未被揪出来，隐患依旧。

杨存凯，显然不是地沟油事件的主谋。经过警方严密侦破，结合翟楠上交的资料，已大概掌握了情况。而丁康的死，让警方颇费心思。他与杨存凯死在同一把枪下，显然是涉及同一案件，可此人为何而死，不得而知。“登山爱好者”，是从其前妻及工友们口中得知的唯一线索。

而罗杰，只有傅天南知道他已经死了。其他的人，包括罗杰身边的喽啰们，都不知道他们信任的头头，已经死去。

促使罗杰死亡的原因，是一枚玉坠。

蝴蝶玉坠。

这是一只翡翠玉蝴蝶，翠绿中间夹杂奶白，画龙点睛的是，蝴蝶的眼睛处，正好巧妙地利用了翡翠上的两个小红点，眼睛便“活”了。在玉坠的右上角，有两个隶书小字“天长”。使人一看，便会想到，定有另外一只是“地久”二字。

蝴蝶双翅玲珑剔透，振翅欲飞。一看，就感觉是个定情之物。

事情出于偶然。

那天，“江姨”找罗杰问询最近的计划进展，其实就是一份杀人名单。

当时，先是杨存凯被杀，两天后，丁康被杀。丁康死后一晚，乔玲珑被投进南溪江。

所有的知情人都被逐一摁下了删除键，再无障碍。所有的一切，都按他的预期有序进行，“江姨”心旷神怡。罗杰却一脸愁容，毫无胜利者如释重负的得意。按说是他“丢”了笔记本，暴露了公司的情报，一个个抓回知情人，并且都除掉了，他应该高兴，但他就是高兴不起来。毕竟他的女友乔玲珑也被老板下令杀害，这让他耿耿于怀。

他当然也不能显示出过度的悲哀，只是木然地发呆。

“江姨”看看他，问：“放不下那个女人？”

罗杰属于核心人物，还算能说得上话，不掩饰地点点头，苦笑一声，期期艾艾地答：“有……一丝……酸楚。”

“江姨”呵呵轻笑，说：“说明我没看错你，确实是个有情有义的男人。可你知道吗，红颜祸水，好多事情，有女人在，会坏事的。”

“这点我也明白，可就是管不住自己。”罗杰说。

“江姨”说：“我像你这么大的时候，也曾经因女人而心锁难开，痛苦纠结……可现在，你看我，尽是阳刚……兄弟，莫让柔情误一生啊！”

罗杰心想：我为你出力流汗，你竟如此绝情，下令杀我女朋友，竟连一句安慰的话也不肯说。

当然，这话是说不出口的，只能默默地心中咀嚼。

“江姨”面白如玉，皮肤如绸。多年养尊处优，生活滋润，不熟悉的人，很难从面相上看出他的实际年龄。

面对面坐在一起，罗杰总有一种错觉，他就像个退休的邻居大爷，慈祥安宁。根本不是他的老板，不是那个杀伐决断、无所不用其极的大恶人。

罗杰见老板缄默不语，道歉地说："这次，因为我的大意，给公司带来这么大的灾难，请你责罚。"

"江姨"手一摆，宽容地说："作为领导者，你确实犯下了不可饶恕的错误，我本来准备处罚你，但后续工作你做得滴水不漏，将过失已尽数弥补，就别记挂在心了……轻装上阵，我们之后还要忙活一阵儿呢！"

罗杰见他接受了道歉，遂大着胆子问："有一事不明，请示一下。"

"你是说，警方都知道了，公司也暴露了，以后还如何运作，要不要走，对吧？"老板胸有成竹地说道。

罗杰点点头，心中感叹，此人真是诸葛再世。

"江姨"说："放心吧，我们很快就会转移。而且，你会有更大的发展空间，你做好准备，最近会通知你具体方案。"

"那个傅天南，如何办？"

"放回去！"

"放回去？"

"对！让他出去说说话……再动手。"

这么做，目的何在？

罗杰还是不太明白，反正迟早是要傅天南的命，直接杀掉不更省事？

“江姨”见他不开窍，点拨道：“要给警方制造麻烦，让他们头疼。然后，我们才有时间，从容进行下一步的大动作……明白吗?”

罗杰虽然不知道后面老板说的又是什么事，但他明白，这事一定比地沟油更为惊心动魄。

端起茶杯给他续水的时候，罗杰的手一拨拉，茶壶边挡着的一个玉坠露了出来……“江姨”一眼瞧见，脸色骤变，焦急地问：“这是哪儿来的?”

罗杰见老板惊慌失色，以为老板嫌他保留乔玲珑的信物，留下证据，嗫嚅着说：“这是那个女教师的。”罗杰心中忐忑不安，生怕他突然翻脸。

“江姨”拿起玉坠，双手颤抖，轻轻抚摸，如同抚摸婴儿的脸一般小心翼翼，少顷，他恶狠狠地点着罗杰的鼻子怒骂：“你干的好事!”

仿佛被兜头浇了一盆水，罗杰猜不透老板为何会突然对玉坠大做文章。私藏信物虽有错，但不至于让老板如此大动肝火啊!

“江姨”忽然双手颤巍巍地反复抚摸玉坠，抬起头，竟然泪花闪烁，长叹一声，说：“我对不起你啊！这叫什么事啊，竟然……我竟然……”他哽咽着说不出话来，“老天啊，我还是人吗？这……这……”

罗杰从来未见过老板如此脆弱如此悲伤，他愣怔在原地，看着老板一行清泪滴落在桌面上。他见老板双肩颤抖，十指的指甲，深深地抠着桌面，抓挠出一道道痕迹，像拖着尾巴的蚯蚓。

灵光乍现！难道，这个玉坠和他有关？

果然，“江姨”倏地换了一副面孔，露出狰狞面目，咬牙切齿地对罗杰说：“你竟然亲手杀死了我的……我的女儿……你……”

他抡起巴掌，“啪”地扇在罗杰脸上。随后他发疯了，一下一下，用脚踢，用指甲挠，用手中的水杯砸罗杰：“你罪不可赦，你这个恶魔。”

罗杰被打得遍体鳞伤，想向他解释，但老板明显已经对他失去兴趣，颓然地将西服挂在左手臂上，一步步朝着门口走去，悠悠地说：“你自己了断吧，我怕脏了我的手……”

罗杰彻底蒙了，他无论如何也想不到，乔玲珑是“江姨”的女儿。冰清玉洁的她，竟然是这个狡猾的恶魔的女儿。本想对他说明真相，忽然想到他的无情。

自己坚定地跟了他这么多年，可他为了一己之私，毫不顾及自己与乔玲珑的感情，下达杀死乔玲珑的命令时，绝情如蛇，一点掩饰也没有。那时，在他心中，罗杰就是个听话的狗。

可此时，他发现乔玲珑是他女儿，竟将一腔怨恨都发泄、推脱到了自己身上，认为是自己杀死了她。他为什么不想想，自己是在执行谁的命令！这一刻，罗杰明白，老板的自私，已经深入骨髓。

看来，在“江姨”的心中，自己和“螺丝”“饭猪”等人一样无足轻重，只是他的工具而已。罗杰对他，久存知遇之情，怀感恩之心，全力报效，竟落得如此下场，心中好不悲凉。

走狗，自己就是条走狗！不折不扣的走狗，甚至连狗都不如。他的心头如直戳戳插了一截木棍，那劈开的茬子上，一滴一滴流淌着悲怆的血……他万念俱灰，决意赴死，感觉没有面目再继续苟活在这个世界上了，一点价值也没有了。

唯一令他欣慰的是，乔玲珑并没有死，这点就足够了。罗杰决定，自己保守这个秘密，不将这个秘密告诉“江姨”。

如果让乔玲珑知道自己有这样一个父亲，无异于要了她的命。这么一个纯洁的女孩，竟然和一个是杀人狂魔的父亲联系在一起，叫她如何承受。

还好，自己已经将乔玲珑安置好了。

如果自己开口，说出乔玲珑没有死的秘密，或许能够苟活下去。可他心已僵死，他恨恨地想：我就是死了，也不让你心里好受。我要折磨你，让你陷入杀死女儿的罪责中痛苦，疼死你！疼到你心脏出血！哈哈哈……

其实，罗杰更清楚的一个无情事实是：即使他说出乔玲珑没死，这个冷血的家伙，也会觉得他偷偷违抗命令，他终究难逃一死。

可惜，他明白得太晚了！人生匆匆，竟然如此短暂。纠结的命运，可悲的一生。他的梦都破碎了，缥缈远去……连噩梦也破碎了……

罗杰心里暗暗地说，下辈子，我再也不这么做了。哪怕再苦再穷，哪怕永远无法实现自己的理想，也绝对不干这些丧尽天良的事情。

逃出生天

“啪”的一声，傅天南用了自己全身的力气，扇出去这记重重的耳光。

乔玲珑的半边脸，顿时红肿起来。

仓促之间，乍见乔玲珑，傅天南诧异惊疑，他觉得，自己已被这个心肠歹毒的女人出卖。为了她，自己冒着生命危险逃到这个南溪岛；为了她，自己的妻子和儿子被绑架；为了她，自己连环杀死了丁康和杨存凯；为了她，自己差点命丧这个肮脏的小岛……

他将仇恨和愤懑、恼怒通过这一个耳光一齐发泄出来。

乔玲珑捂着肿胀的脸，一口一口吐着嘴里的血水，眼睛里满含着晶莹的泪水。尽管她努力忍着，泪水还是不争气地顺颊而下，像拧开了矿泉水瓶子。

她委屈吗?

不委屈！有什么好委屈的。她和傅天南非亲非故、素昧平生，就因为那天中午的一次“英雄救美”，让他有了性命之忧，确实应该让他发泄一下。

就在乔玲珑硬逼迫着自己替傅天南着想的时候，她的身体却熬不住了，渐渐地瘫软下来，像个泄了气的皮球，缓缓倒下来……

扇完耳光，傅天南确实有点解恨。可忽然看到乔玲珑软绵绵地倒下来，他又心软了。“何况，又不是她的主意，她也做不了主。”傅天南自言自语地解劝自己。

她已经严重虚脱，长长的睫毛紧紧遮蔽着双眼，双唇惨白，面色发青。傅天南抱起乔玲珑，没有多想，自然而然地就走到了老屋，来到北屋。

气若游丝的乔玲珑睁开了眼，见傅天南盯着自己看，无力地眨眨眼。乔玲珑嘴巴一张一翕，似有话说。

傅天南低下头，将耳朵凑到她嘴边，还是听不到。她只好艰难地抬起手，指了指窗口。

傅天南一看，心脏骤然充血，全身的血液突然加剧流动，他惊得一下跳起来，叫道：“娘啊!”说话的时候，人已退到了墙边。

一条蛇，青色的身体上缠绕着金色的花纹，趴在窗台上，吐着信子，眼睛直勾勾地盯着两个人。

乔玲珑惨笑一下，抬高声音说：“英雄还怕蛇啊?”

傅天南确实怕蛇，那冰冷的东西，总是让他不寒而栗。他愣了片刻后，随手拿起自己的衣服，呼呼地抡着圈儿，吓唬蛇给自己壮胆。

看着那蛇一点一点顺着窗缝退去，傅天南才长长地舒了一口气。

乔玲珑说："扶我起来。"

傅天南不知道她要干什么，但还是听话地扶起了她。

心神稍定，傅天南问："你是如何逃出来的?"他根本不知道，这几天里，乔玲珑也是两进贼窝，在宾馆里还遭遇夺命劫持。更不知道，在深深的江底，她被捆绑住手脚，大口大口吞咽江水窒息的瞬间……

乔玲珑说："我先去弄点饭，填饱肚子。"

傅天南看着乔玲珑变魔术一般从柜子里拿出面条，这是傅天南的最爱，几天没吃饱饭的日子，让他如饿狼般死死盯着眼前的面条。

吃饱喝足后，傅天南和乔玲珑才各自诉说起惊心动魄的经历……

第五章　扑朔迷离

还活着

乔玲珑不是被沉入江底了吗？如何又能与傅天南见面？这得从她被投江说起。

那天晚上，“螺丝”和“饭猪”抬着乔玲珑往江边走的时候，罗杰暗中跟随。黢黑的夜色，掩饰不住罪恶的行径。两前一后，在夜色的掩护下，行走到江边。

此次命令的发布者罗杰，他如窃贼一般偷偷地躲在暗处，亲眼目睹两个人将乔玲珑扔到江里。

“哗啦”溅起的水花，让他的五脏六腑顿时天翻地覆，倒了个个儿。女朋友没了，多好的女人啊，多美的女人啊，是自己亲手葬送了她的生命。他看到自己亲手将一朵娇嫩的花无情地掐下花枝，一下一下揉搓着……

他呆呆地站在那儿，心里想象着乔玲珑在水里“咕噜咕噜”大口喝水的惨相。

足有三分钟，两个恶徒嬉笑着离去了。

死了，死了……忽然，罗杰觉得自己不受大脑指挥了，他疯了一般，“扑通”一声栽下水里。

罗杰艰难地在水中睁开眼睛，其实不用看，他一样能够准确找到乔玲珑，他太用心了，眼睛已死死地盯住了刚才两个喽啰丢乔玲珑的地方。

他要救起乔玲珑，不仅是给这女人一个交代，更是给自己一个交代。爱情的力量就是这么强大，足以唤醒曾经沉睡的心灵。

罗杰当这个地沟油提炼厂的当家人已经时间不短了，按说做了那么多的坏事，心性早修炼得油盐不侵。可此刻，乔玲珑被抛进江中的那一瞬，痛彻心扉的感觉让他不能沉默，不愿再当“江姨”的走狗了。哪怕因为这件事自己送了命，也值得。

罗杰被早已埋藏起来的善良炸弹炸醒了。当然，也不是全部炸醒了，只是小范围地炸醒炸疼了他拯救女朋友的这条神经。

这女人，为自己操心，为自己规划未来，为自己的疼痛而悲伤，为自己的父母而落泪。尤其是那次落泪，让罗杰记在心底。那天，乔玲珑陪罗杰回到他的老家，见到他的父母年老体衰，一再地劝说罗杰："等我们结婚了，把老人接过去吧，他们太辛苦了。"这就足以让农村出身的罗杰感到震撼，女朋友对老人的承认，给了他莫大的自信和安慰。

他觉得，乔玲珑不仅没有嫌弃自己的父母脏、老、病，而且还劝自己孝顺，这是多好的女孩啊，一定不能亏待她。那时，罗杰就下定了决心。

潜入水中的罗杰，心里焦急万分。

他依稀看到，"咕噜咕噜"的水花，正从乔玲珑喉咙里、口中吐出来。他游到乔玲珑身边，用刀割断了捆她的绳子。

抱着她冰冷的身体，罗杰痛不欲生。看着她憋得发青的脸，他轻轻地吻她的眉毛。乔玲珑没有一丝的痛苦，她面色安详，或许她希望用自己的死换取别人的生命。多么善良的一个女孩儿啊，自己怎么可以这么恶毒？他愣怔片刻，立刻疯狂地对着她的嘴唇，紧急人工呼吸，希望她能够醒过来。

……

乔玲珑睁开眼时，见身边有一盏应急灯，散发着微弱的光。她轻轻地扭动头颅，发现自己躺在一个山洞里。她慢慢地坐起来，扭脸朝四周看看，怪石嶙峋，凹凸的洞壁面目狰狞，阴风嗖嗖，脚下却是松软的沙土。

看来，这是江边的一个洞。她活动了一下身体，有点酸疼，就静静地站立了一会儿，好适应这里的一切。活动僵硬的手指时，她才发现，手里竟攥着一张银行卡。

她仰起头，尽量让思绪回放……她依稀回忆起，蒙蒙眬眬中，罗杰抱着自己……

她手持着应急灯，忽然瞧见身边的沙地上，写着八个大字：隐姓埋名，远走他乡。

她哭了，先是无声地啜泣，后来渐渐哽咽，最后撕心裂肺般哭喊："傻瓜，你为什么要救我?"她知道，救了自己的命，罗杰就很可能会被他的老板杀掉。

果然，翻过来银行卡，密码签名处，赫然写着：密码你知道。

她捶打着自己，哭喊道："傻子，傻子……你个不要命的……大笨蛋……"

罗杰之死

听着乔玲珑诉说她的惊魂往事，傅天南陷入了沉思。看来这个罗杰并非完全丧失了理智，并非彻底无药可救，心中不由得略感惋惜。唉……他忽然踌躇，应不应该告诉乔玲珑，罗杰已经死了。

从眼前的形势来看，乔玲珑并不知道罗杰死了。但不告诉她，她必定会一直以为罗杰还活着，心中藏有这种"让爱人回归"的念头。可看现在的情况，如果突然告诉她，她会不会承受不住?

傅天南想了几分钟后，毅然决定，长痛不如短痛，必须告诉她真相，免得以后产生误会。这几天，已经有太多的误会了，不能再让误会加深了。无论她能不能接受，终究要面对这一现实。

于是他清了清嗓子，说:“罗杰已经死了。”

乔玲珑听到后，惊呆了。圆睁着双目，用手指着傅天南，说:“你，你……竟敢……”她以为，是傅天南杀了罗杰。

想想也是，罗杰劫持了傅天南，傅天南如今却好好地站在她面前，如果不以伤害罗杰为代价，他如何能逃出来?

“不错，当着我的面死的。”傅天南咬了咬牙，声音像锤子，“咣咣”砸着乔玲珑的心脏，一锤一锤，冰冷坚硬。

“你?”乔玲珑扑上去，双拳轮番砸着傅天南的胸部，捶打到累了，才蹲在地上，抱头号啕，嘶哑着嗓子喊:“你这个杀人犯，还他命，还我……罗杰……”她又一次扑上来，揪住傅天南的衣领，疯狂地摇晃，撕拽……

衣领被拽得七扭八歪，傅天南感觉自己快要窒息了。他没有想到，乔玲珑对罗杰的爱竟如此之深，他慢慢地一根一根地掰开她的手指，等她缓缓平复下来，才开始讲述罗杰死亡的具体情节。

罗杰当然不是傅天南杀掉的，可罗杰的死却是傅天南亲眼看到的。

作为观众，傅天南看到了一个歹徒、一个恶人最后的人性忏悔。傅天南没有想到，做个纯粹的坏人，竟然比做好人还难。而且，他也能深深体会到罗杰临死前那种被罪恶深深折磨的痛苦。那是一种难以释怀、对自己无限失望的撕痛感。

那天，还是在关押傅天南的那个小屋里。

罗杰拿了一瓶白酒。他将白酒和一包烟放在傅天南面前的地面上，双眼眼球充满血丝，像正待淬火的钢珠。

他问傅天南："要不要抽支烟?"

傅天南对这个罪恶的家伙很反感，尽管他非常想抽烟，但嫌他的烟上带着肮脏的味道，就坚定地摇了摇头。

罗杰苦笑一声，咧开嘴角说："你不用看不起我。"

傅天南心里已经非常看不起他了，恨不得跳起来，将他撕扯得粉碎，给他两记重拳，然后把他的鼻子、耳朵揪下来，当下酒菜。可此刻，他只能安安静静地看着罗杰表演，在他面前静坐，悠闲地自导自演。

我倒要看看你耍什么把戏。傅天南已经不知道这个恶徒会再次对自己施行什么下三滥的阴招。

点燃香烟，罗杰深深地吸了一口，仰起脸，吐一口，又吸一口，轻轻吹去烟蒂上的灰，抚摸着下巴上的胡楂。忽然又将手上移，用左手遮住眉眼……一分钟，两分钟，三分钟……时间仿佛静止了……随着从手指缝中一点点露出的泪水，傅天南感到无比蹊跷：他竟然哭了。

眼泪"吧嗒吧嗒"滴落在地上，春雨入泥般洇入水泥地面里。

罗杰毫不掩饰地哭着，然后打开酒瓶，仰头一口，丝毫没有那声平常人喝酒后的咂嘴声！

傅天南嗤之以鼻地问："你有什么资格在这里假惺惺？"从道义上说，傅天南是审判者，带着对正义的追问，他有权问一问这个家伙。

罗杰点点头，说："是，我是不配。"如此柔弱的回答，是傅天南没想到的。但他绝对不会再相信人品低劣的罗杰的任何话，就冷笑着揶揄说："受什么刺激了？你们的摊子被公安发现了？活该！早该铲除你们这帮害人精了。早知今日，何必当初！"

罗杰续上一支烟，继续捏手中的打火机，"啪啪"地打着火苗，听起来有些阴森恐怖。

罗杰又灌了一大口酒，缓缓地说："我早就料到会有这么一天，我总想着，等攒够了钱，就给多年瘫痪在床的父亲治病，即便治不好，我也问心无愧。玲珑被卷入这件事，是我最恨老板的……只是没想到，我会以这种方式死去。"

死去！傅天南一惊：难道他喝的是毒酒？

傅天南顿时有点好奇，也有些赌气，就问："你凭什么死？老子的仇还没报呢，你想死就死，也太便宜你了。"

罗杰颓然地说："你想要报仇，找我们老板吧。"

傅天南说："你们老板？是的，我肯定要找他的。你们犯下的罪行，是个人都想杀了你们。"

罗杰说："不错，确实该杀。"

傅天南很奇怪，今天罗杰是受了什么刺激。不行，得提高警惕，说不定这小子又憋着什么坏水，想要套出自己的秘密。休想，任尔千般诡计用尽，老子岿然不动。要想让我配合你们这帮孙子，门儿都没有。

傅天南虽然怕，可这几日在恐慌、惊惧的气氛里待久了，反而适应了。他心知自己难逃活命，就只剩下倔强、骄傲的骨气了。

罗杰对他的态度不管不顾，自言自语地说："我当初怎么就没有看透这个老板呢？他果然是六亲不认的畜生。这么多年，我放弃理想，放弃家庭，放弃所有的一切，为的是什么？还不是为了赢得他的信任，还不是想着能够攒点钱。可现在我有什么？真的是一无所有。

"的确，是我一不小心将事情弄成了这样，我弄丢了笔记本，然后不小心将玲珑牵扯了进来……我逼着你杀了丁康，我的确死有余辜，的确该万劫不复……但是我们老板呢？

"为了销赃，他可以随时下命令，让我杀死自己的女朋友。为了他的利益！行，我这就死给他看。虚伪、卑鄙，整天装出一副正人君子模样，其实他的心肠早在毒液里泡透了。都说'最毒不过妇人心'，妇人的蛇蝎心肠，在他面前，真是小菜一碟。"

傅天南敏锐地捕捉到了敏感字眼，打断他的话，急问："老板为什么要杀你？"

罗杰依旧没有搭理他，沉浸在自己的思绪中，说："我现在才明白，任何不正当手法谋取的利益，最终都是见不得阳光的。我本来还幻想着，有朝一日，带着女朋友远走高飞，给父母养老送终。

“可现在，我有什么？父母含辛茹苦将我养大，如果知道我干下的事，肯定都不认我了。从农村出来上大学后，我就发誓不再回那个让我屈辱、痛苦的农村老家，我一定要出人头地。没想到最后却像死狗一样待在这里，忍受煎熬，到最后……到最后，落得这么一个下场。”

傅天南岂肯轻易放弃良机，他用心引导罗杰，说：“你放了我，有什么冤屈，我帮你申诉，需要我做证，我义不容辞！”

罗杰绝望地摇摇头，说：“我不会放你的，有本事，你自己逃出去吧。我放了你，你一样逃不脱一死。我不想在最后关头，再连累一个人。你甭老想着出去，出去最后也注定是死，而且会死得很惨。你斗不过老板的，他太阴险了……到现在我都不知道他为什么想让我死，但我知道这一切肯定是老板设计好的。我真是太可悲了，为我自己的胜利扬扬得意的时候，却不知道早掉进了别人设计的圈套。”

罗杰面前的烟头，像散落的蟋蟀尸体，横七竖八地躺在地上。

罗杰继续喝酒，他停止了哭泣，声音一变，咬牙切齿地说：“我他妈的，这辈子算是白活了。到现在，我都不知道，自己堂堂的大学毕业生，眼睛咋这么瞎！现在想想，我才知道笔记本根本就不是我粗心丢掉的；至于让你杀杨存凯、杀丁康，都是老板故意设计的。”

他一下一下揪着自己的头发，悔恨交加：“我真是糊涂啊，连个猪都不如。猪死了，至少还可以给大家贡献点肥肉，我呢？过几天尸体腐烂了，成蛆了，就只剩下一堆白骨。”

罗杰朝傅天南狂笑，举起酒瓶：“白骨！阴森森的白骨！说不定，你会和我一样，成为白骨。这样也好，临死有个同路人，我们在黄泉路上，搭个伴，也好说说话……现在警察根本没有实质性进展，老板为什么非要我死？肯定不是为了消除隐患，也不是怕暴露，那到底为什么他会舍弃我?”

傅天南不知道罗杰到底发生了什么事，但从他的眼神中可以看出，他是彻底崩溃了，眼神迷离，呆滞的目光中带着对生死的困惑与迷惘……懒得做最后的挣扎。

傅天南不放弃地劝说：“你不会逃出去吗?”他想着，万一罗杰良心发现，投案自首，或许自己更有希望被搭救出去呢。

“我心已经死了，出去……活着，还有什么意思。人活百岁，无非是个死。何必纠缠在这个社会上，痛苦地过一辈子。”

“咕咚咕咚”，罗杰将剩下的酒全部喝完，“啪”的一声将酒瓶子摔在墙上，玻璃碴飞溅。傅天南只顾躲脚，腮帮子却被一块玻璃击中，幸好没有出血。

罗杰站起来，从身后的箱子里，拿出一张纸，对傅天南说：“看看，这是警方发的通缉令。所以，你出去，黑白两道都要你死。”

傅天南吃惊地瞪大眼睛，不敢相信这是真的，但他仅仅看了一眼就明白了，这确实是真的。看来罗杰说得没错，通过他的老板费心运作，警方已经将自己锁定为罪犯了。

罗杰从箱子里拿出一把刀，说：“看你自己的造化了。”冷冰冰的话语，像从冰箱冷冻室里发出的。

然后，他缓缓地在自己的手腕上割了下去，瘫软地坐在地上，静静地抽烟。

血，无声地流淌……这一刻，傅天南忽然佩服起他来，有心搭救，却苦无良方，一怒之下，破口大骂：“懦夫！没骨气的东西，是个男人都不会这么做的，你的父母会为你感到可耻的……”

可无论他如何咒骂、唾弃，罗杰像一块被水浸泡透的土坯，渐渐地软瘫在地上……

傅天南喟叹一声，无限惋惜地对乔玲珑说：“就这样，他在最后一刻，对自己的罪行进行了忏悔、反思。或许是救起你之后，他觉得使命已经完成，没脸活在这个世界上了吧。”

乔玲珑听完傅天南的叙述，一句话也没有说，甚至没有落泪，停顿了很久，她才说：“这么多人送了命，我们俩，要好好活着！要给他们报仇！”

回家

傅天南和乔玲珑吃过饭后，一致认为，待在这里十分危险，于是决定回到江北县，寻找时机，协同警方破案。

乔玲珑说：“你不会嫌我累赘吧？”

傅天南看看身体极度虚弱的她，摇摇头，伸出手，紧紧握住她的手。

两个人推开夜幕，果断地走出了老屋。

这时的南溪岛，清冷孤寂。天空中繁星点点，愈显出夜色的凝重。树枝摇曳，涛声阵阵，“哗啦哗啦”的声音，让人隐隐不安，总觉得暗处藏有猛虎。

两个人同时感觉被一双巨手死死卡住了脖子，透不过气来。因为太不正常了！为什么突然之间，歹徒们好像消失了，难道他们真的逃逸了吗？

看不到危险，远比看到危险更折磨人。两人相互搀扶，死死地拉住对方的手，生怕一松手，便会阴阳两隔……穿过南溪桥，傅天南手里拿着一根棍子，很粗的一根棍子，他早忘记了，在他的裤兜里，还有一把手枪。

此时，已近凌晨，车少得可怜。偶尔路过的车，都如躲瘟疫一样，“嗖”地飞驰而过。尽管乔玲珑站在路边不停地招手，但始终没有一辆车肯停下来。

见一连过了十来辆车都不停，傅天南苦涩地开玩笑：“看来美女的能力也有限啊，拦不住车。”乔玲珑看了看傅天南，一身脏兮兮的迷彩服，手里拖着一根棍子，像条狼尾巴，就说：“谁敢拉你啊，你这个大痞子。”说着指了指他手里的棍子。

傅天南这才意识到，自己的样子太吓人了，苦笑一下，扔掉了棍子。不知不觉伸进裤兜里，摸到了手枪，心中稍微踏实。

终于拦住一辆车。

一上车，司机就高声说："两位，上哪儿?"出租车司机说这话的时候，几乎没有抬头，还有意掰低车内的后视镜。凭经验，他觉得这对男女应当属于野外苟合的那种关系，所以，他不打算看两个人的面孔。

"北关老街。"傅天南瓮声瓮气地说。

天空忽然亮起一道闪电，紧接着下起了雨。一声接着一声的炸雷响彻天空，吓得乔玲珑不知不觉朝傅天南这边靠。

出租车继续行驶。

又是一道闪电，瞬间照亮了整个车内，乔玲珑稳稳地趴在傅天南的身上……出租车司机瞥见，心中冷笑，他刚说句："两位注意点，可能咱要绕路了。"

傅天南喊："绕什么绕，你当是'山不转水转'？也不看看我是谁。"说这话的时候，傅天南又恢复了往日那个老牌出租车司机的骄傲与自信。

"城南恐怕要积水。"司机接话茬的同时，稍微扭了一下头。没想到，就是这一扭头，让他骤然面色惨白，吃惊地瞪着双眼，惊悚地叫起来："傅哥，你？……"车虽然还是朝着前方行驶，但方向盘明显在抖动。

傅天南奇怪地问："咋了？几天不见，不认识老哥了？"

司机缄默不语，后背一阵哆嗦，颤抖着嗓音说："哥，你说去哪儿就去哪儿……”可话语里，分明带着哭腔和哀求。

傅天南见司机这个熊样，生气地骂道：“你他娘的，出什么丑样儿，这点毛毛雨，还能把你淹死？瞧你这老鼠胆儿！”

司机无声地从副座上扔过来一张纸，结巴地说：“你还敢出来啊？傅哥……”

傅天南打开车内的顶灯，一看这张纸，脑袋“嗡”的一声，是那张通缉令！

尽管罗杰也给他看过这张通缉令，但由于长时间逃跑，加上猝然遇到乔玲珑，他早已经忘记了这事儿。此刻见出租车上也带着这张通缉令，他估计事情真的麻烦了，于是急忙问司机：“这是要全城抓我呀？”

司机这会儿也缓过劲儿来了，说：“可不咋的，路口都设卡呢。哥，你是被冤枉的吧？”说完这句，大约他怕留下什么后遗症危及自己，急忙掩饰地说：“肯定是冤枉的，谁不知道傅哥你，多仗义啊。”他极力表白，只为讨好傅天南，免遭毒手。

傅天南摸摸络腮胡，急促地说：“一两句话说不清楚，我这两天死过三四回了。别说了，先想办法把我送回家，别一到公安局出不来了，连家人一面都见不上。”

傅天南这么一说，司机以为他真有事，吓得更不敢再多搭腔，吞吞吐吐地说：“那就只有从城东绕了，估计那地方没有设卡。”雨越来越大，“啪啪”的雨点砸在车顶上，像鼓槌敲击心脏……

过了一会儿，乔玲珑担心地抬起头问：“万一要遇见警察了，可怎么办？”

傅天南宽慰她说：“咋办？咱说明情况，不会有事的。”

“但愿事情已经结束了。”

城东是一片老工业区，远远望去，幢幢烟囱和高耸的钢铁架子，高低错落，挺立在雨中，愈加显得冰冷、坚硬。一大片残旧的楼房，在夜色中诉说着昔日的辉煌。

这片工业区，有两个钢铁厂和一个水泥厂。每天，各种重型卡车往返在路上，将路面压得不堪重负，坑坑洼洼。出租车不时溅起的水花，撞击到玻璃上，视线渐渐模糊。乔玲珑忧心忡忡地看着傅天南，傅天南无声地将手伸过去，轻轻地攥了攥她的手，给她打气壮胆。

出租车渐渐来到大十字路口，傅天南清楚地知道，再朝前走，面临两种选择：一条是笔直的柏油大路，直通城北他的家；另外一条路，是从两个工厂的生活区穿过，道路崎岖，走起来十分费力。

司机悄声地问：“哥，咱走哪条？”

傅天南朝车外看了看，认为雨下得这么大，估计遇不上警察，便低声说：“走大路，快！”

司机点点头，将车拐上了大路。走了大约三里多，司机突然一脚将车刹住，问：“怎么办？”

傅天南瞧着不远的地方，十多辆车缓慢地行驶，隐隐约约有红蓝闪烁的警灯，他一拍座椅，说：“愣着干什么，掉头。”

司机利落地将车掉了个头，朝着来路疾驰而去。乔玲珑警惕地扭回头，朝着车后望着，生怕警车会追上来。

再次来到十字路口，司机将车熟练地拐入生活区道路上。刚开始，路还勉勉强强，可越往前走，车辆颠簸得越厉害。严重损毁的路面本来就不平整，又加上要躲避积存的深水坑，车辆如一条钻入草丛的蛇，扭动着身子，曲折地在路上扭来扭去。

路两边，一排排红砖墙，经历岁月剥蚀，斑斑驳驳。虽是深夜，路边的小饭馆，隔着皮帘子，依稀能看到下班归来酣畅喝酒的汉子们在猜拳高呼。

即使下着雨，空气中依旧荡漾着一股浓浓的骚臭味。傅天南见乔玲珑捏着鼻子，心中暗笑：墙根五十厘米以下，都是尿渍。下班归来的男人们，随处撒尿像蹲下提鞋一样随便。

再往前走，是一片空旷地。这是江北钢铁厂生活区与江北特种钢铁厂的交界处，路两边是高耸的钻天杨，此时风吹雨打，树叶沙沙作响，听起来格外吓人。司机边开车边没话找话，说："哥，还记得当初在这小树林里，咱弟兄们拖车的情景不?"

傅天南呵呵一笑，说："哪一次不是你们几个不争气地把车弄抛锚了。"

"当时没少麻烦你。"司机说："要说起来，咱江北县出租车的名声，那几年是坏得没边了，你退伍后成立出租车协会，这几年才好了不少。"

"那倒是，你们是眼睛光盯着钱了。"

司机憨憨地一笑，说："谁不是生活所迫?"他忽然惋惜地说："要说起来，你不当会长，我们当时一帮人都替你鸣不平呢。"

"就我这暴脾气，才懒得管这些琐碎事呢，咱好好地开车，比什么都强。"

一聊起来，司机放松了很多，车内的气氛也缓和了许多。乔玲珑脸上也渐渐露出笑容，她想着，过不了一会儿，就可以坐在傅天南家中喝口热茶了。

来到特钢厂生活区内，又是一段疙里疙瘩的路面，车速不知不觉减了下来。司机努力将车开快，溅起的水花"扑哧"一下钻入路边一间亮着灯的小饭店内，听得屋内的人喊道："你大爷的，眼瞎了……急着回去奔丧啊……"

司机刚要发怒，傅天南低声说："走!"车继续朝前开。来到小广场附近，突然，司机紧张地指了指前头，问："咋办?哥，冲过去?"

傅天南一看，果然，在小广场的铁大门边，站着两个特钢厂保卫处的人，正打着伞仔细查看往来的人和车。

怎么办?事情刻不容缓，掉头已经来不及了，傅天南低声地说："只管走……"可心里却在嘀咕，不知不觉将手伸向了裤兜，摸住了那把枪。他一心想着，等我回到家，和家里人说明情况，就去公安局……

眼看两个人来到车前四五米的地方，突然，"啪"的一声，一个啤酒瓶砸在前挡风玻璃上。三个人越发紧张，就见左边有两个人搀扶着一个醉汉，在雨中歪歪扭扭，醉汉骂骂咧咧地叫着：“整天查查查，查你姥姥的头……老子就要……”保卫处的两个人见状，上去理论。趁此机会，司机一脚踩油，出租车呼啸而去……

出租车在生活区内七拐八绕，探头探脑地行驶着。此时正值凌晨，昏黄的路灯稀稀拉拉立在道边，生活区街道狭窄，路线复杂，但他们一路通关。

出租车司机绝对是最熟悉城市脉络的手术师，总能找到最可靠的路线。何况，这车上有两个出租车司机。

穿过城东的工业区，出租车专找人流稀疏的小道，一路钻胡同，巧周旋，终于顺利来到北城棚户区傅天南家的胡同口。司机刚要停下车，傅天南压低声音说：“走，继续往前开。”

司机不解，但还是听话地朝前开过了胡同。绕行方圆一里后，傅天南确定家附近并没有布置岗哨，虽然有点疑惑，但还是在一个隐蔽的黑暗处下了车，告诉司机：“老弟，改日哥好好报答你。”然后拉着乔玲珑，一下钻入黑暗中。

从小在这片平房区长大的傅天南，拉着乔玲珑七拐八拐，像在蛇肚子里游走，不一会儿就来到家门前。

他抬起手正要敲门，却听到屋里传来吵闹声，是儿子傅大伟的声音。他不服气地喊：“我就是要揍他，让他污蔑我爸爸。”

“老师说了，你再打同学，就让你休学。”是妻子王梅荣的声音。

“休就休，有什么了不起。”

“大伟，你怎么和你妈说话呢?”母亲傅江雪在数落孙子，“难为你了，你爸爸肯定不会办坏事，但你可千万不能再惹事了，还嫌不够乱吗?”

“奶奶，他们说我爸是杀人犯，你信吗?”大伟委屈地反驳。

“那你也不能打人啊?”王梅荣说，“你是想气死我吗?”说着说着，王梅荣的声音有点哽咽。

听不下去了。

“笃笃”，傅天南轻轻地敲门。

“谁?”傅江雪捏着嗓子警惕地问。

“笃笃”，又是两声，声音中带着焦急，带着道歉。

母亲听懂了，颤抖着声音说：“快开门，是……”她没有说出来，但孙子和儿媳妇显然听懂了。

在屋子里站定的时候，一家人都默不作声。

尤其让人吃惊的是，母亲傅江雪看着乔玲珑，瞪着惊恐的眼睛，嘴巴张了好几下，愣是发不出声来。

屋外的雨渐渐停了。看到一家人夜夜不得安宁，个个神情憔悴，傅天南心中隐隐作痛。可他顾不上梳理这些情绪，因为，他看到了母亲的双眼正盯着乔玲珑。

傅天南觉得，母亲可能误解了，以为他这几天不见踪影，竟是与这女人厮混在一起。母亲定是怕这女人给王梅荣和傅大伟带来麻烦，既想帮他，又张不开嘴……就在他迟疑之间，刚准备解释一下，王梅荣已经气得跑进里屋哭去了。

傅天南刚要张口，见母亲眼神中闪烁着光，她拉住乔玲珑的手，问："你，你可是姓乔?"

傅天南和乔玲珑一下愣住了，他们吃惊地盯着傅江雪，有些匪夷所思。第一次见面，傅江雪如何知道乔玲珑的姓?

乔玲珑也有点迷糊，只是点点头，轻轻地"嗯"了一声，算是回答。

傅江雪声音顿时有点颤抖，急促地追问："你父亲叫乔老三?"

"是。"乔玲珑越来越糊涂。

傅天南父子都茫然地望着傅江雪和乔玲珑，不知所措。

傅大伟悄悄拉了傅天南一下，说："爸，你看。"他比画一下脸庞。

傅天南惊诧不已：母亲与乔玲珑的面容竟然惊人的相似，尤其是鼻子，简直一模一样。

傅江雪屏气凝神，一字一顿地问："从小到大，是不是一直有个'江姨'在资助你?"

乔玲珑一下醒悟过来，问道："你？你如何知道?"

"我妈叫傅江雪。"傅天南急忙补充一句。

傅江雪？江姨?

乔玲珑怔住了，随即猛然摇头，盯着傅江雪看，然后又鸡啄米般点头，轻声叫一句："江姨。"可她马上就否定了，惊恐万状地对傅江雪摇头，说："不可能，绝不可能!"

傅天南此时脑中也炸开一条缝，一道亮光闪过，他与乔玲珑对视一下，面面相觑，两人坚定地摇头否定：“不可能，绝不可能！怎么会!”

就在两个人纠结的时候，院门却突然敲响了，随后传来震人心魄的喊声：“傅天南，你已经被包围了，放下武器，我们保证你的人身安全……”

突如其来的声音，让傅天南一下慌了，他死死地用身体堵住屋门，干脆地对傅大伟说：“你，赶紧进屋。”

逃跑

傅天南向乔玲珑说出了罗杰背后的老板叫“江姨”，而乔玲珑也第一次向傅天南说出了自己多年来一直受“江姨”资助，“江姨”是自己的恩人。

但无论如何他们也没有想到，傅江雪——傅天南的母亲——竟然会是“江姨”。这绝对是误会，天大的误会！此“江姨”绝非彼“江姨”。

可警察根本不给他们澄清事实的机会和时间，突然一下子涌到了门口。“娘的，肯定是那个出租车司机报的案。”傅天南暗骂。

“怎么办?”乔玲珑盯着傅天南问。

傅天南看了一下母亲。

傅江雪虽然不知道儿子和乔玲珑为什么不相信她是“江姨”，当然也无从知道“江姨”为什么会带给两人如此巨大的反应，但此时事关儿子的生死，她显得异常镇定，对傅天南说：“儿子，别怕，走出去，总能说明白。”

傅天南点点头，对着门外喊：“警察同志，我是傅天南，请你们给我三分钟时间，我这就出去。”说完话，他打开屋门，无限留恋地看着母亲和乔玲珑，说了句：“妈，我走后，你跟乔玲珑解释一下‘江姨’。”他虽然觉得母亲和乔玲珑一定有某些联系，但绝对不相信自己的母亲会是那个罪恶的老板“江姨”。

母亲傅江雪，靠着给别人家做针线活，含辛茹苦地将自己养大。自从父亲去世后，小小年纪的他就被母亲严苛地教育、管制着，接受的一直是最正统的中国式严格家教，母亲无论如何不会是那个“江姨”，一定是搞混淆了。

傅天南大义凛然地走出院子，打开了院门。

门口站着警察，脸色都看不清楚。

傅天南手里举着枪，对着警察喊：“别开枪，我有话说……”

就在他刚刚跨出院门的时候，“啪”的一声枪响，一个警察倒在地上。

听到枪响，傅天南顺势蹲了下来，耳边“嗖嗖”飞过密集的子弹。他连滚带爬，几步就利落地窜回了屋里，身子靠着墙大口喘气。

屋门已经被十多发子弹射穿，像网眼袜。顿时，门外人声嘈杂：“傅天南，如果你顽抗到底，只有死路一条。”

死路一条？死路一条！难道真的只有死路一条吗？活路呢？

人在危及生死的紧急时刻，首先想到的是，如何不死。于是，傅天南边紧张地喘气边四处搜索可供逃命的地方。

后面有个窗户，傅天南看到了，乔玲珑看到了，傅江雪也看到了。

妻子和儿子这时也惊恐地从里屋走出来，王梅荣爬着来到傅天南身边，哭着说：“要是我不报警，也不会这样啊。”

傅天南气得咬牙切齿，骂道：“你是昏了头吗？成事不足，败事有余。”他这才知道刚才冤枉那个司机了。

王梅荣委屈地说：“我也没想到，还想着早跟警察说清楚就完事了。”

警察在继续喊话：“缴械投降，我们保证你的安全。傅天南，你尽快作出决定，不然我们就要破门了。”也听到有警察气愤地说：“冲进去，抓住这个歹徒。”

形势紧迫，傅天南对母亲说：“妈，你也看到了，现在出去，说不定一枪就要了我的命。”

傅江雪表情凝重地点点头。

征得母亲同意，傅天南躲到后窗旁，朝外观察了一会儿，确认没人后，打开窗户，猫着身从窗户跳了出去。

窗户外确实没有人，因为后面是一个池塘。池塘边无数茂盛的绿植黑压压一片，将岸堤掩藏得毫无踪迹，窗下几乎站不下人。

警察显然也没有料到傅天南会突然“开枪射击”。警察是接到王梅荣的电话赶来的，他们认为，傅天南是要主动自首，所以才没有在屋后布置人。当然，他们更没料到，准备自首的出租车司机傅天南会丧心病狂地开枪攻击警察。

傅天南安全逃出去后，傅江雪才下令，打开屋门，她站在屋门口，说：“你们不要喊了，傅天南逃跑了……”

当全副武装的警察冲进来的时候，屋里只有墙边站立的三个女人和一个少年。

一众警察迅速看了屋内的陈设，所有人一齐涌向后窗……

母女

每一件震惊的事情发生的时候，总是伴随着无数的疑问。乔玲珑做梦也没有想到，傅江雪竟是自己寻找多年的母亲，而且，也是那个多年来资助她的“江姨”。

本来，寻找母亲的希望越来越渺茫，乔玲珑已经决定放弃了，但对“江姨”，她觉得一刻也不能放弃。如果对恩人也采取放弃的态度，自己就成了一个不懂得感恩的人，成了一个知恩不报的小人，所以，她必须报答“江姨”。

可她完全没料到，“江姨”和母亲会是一个人。

多年寻找的“江姨”，竟然会以这样一种突兀的方式出现，这让她猝不及防。

当傅江雪面对着乔玲珑，向她说起这些事情的时候，乔玲珑的心就乱成一团麻。她心中一直暗暗思忖，较劲儿地想：面前这个沉静、镇定、清瘦的女人，为何要假扮她的母亲？

可冥冥中有个声音又响亮地告诉她：这就是你的母亲，亲生母亲！血缘的牵扯，在关键时刻，总会息息相通，产生心灵感应。

当然，她们两个人是在公安局的房间里被看押的间隙简单交流的。

警察冲进来后，确认是她们几个人帮助傅天南逃出去的，就暂时将她们押回了公安局。询问过后，却发现她们并不知道傅天南逃到了哪里，出于人道考虑或者出于计谋，于是放松了对她们的监管，允许两个人暂住一屋。

若论整桩案件的来龙去脉，乔玲珑显然知道得更多一些，但警察目前的焦点好像并不在这件惊天动地的案件上，而是把焦点放在了对傅天南的追捕上。所以，并没有过多追问乔玲珑是如何与傅天南认识以及笔记本抢夺案的细节。他们现在急于了解的重点是，傅天南能往哪里逃，还会不会继续作案——毕竟他手里有枪。

尽管乔玲珑拿性命担保傅天南绝对没有杀过人，而且也不会杀人，但没有一个警察信她。毕竟就在几个小时前，从黑暗中射出的子弹，将一个警察的肋骨射穿。虽然暂时没有生命危险，但这么严重的袭警事件活生生地发生在眼前，他们必须尽最大努力，用最短的时间将傅天南抓捕归案。

而乔玲珑这时也陷入了纠结中，她已经隐隐约约感觉到傅江雪看自己的眼神中充满了期待、意外和惊愕。联想到傅天南说出的那句“我妈叫傅江雪”，乔玲珑已经意识到自己与傅江雪有着千丝万缕的联系，但她还是固执地不想承认傅江雪是自己的母亲，或者说不想承认傅江雪是“江姨”。

但最后，两个人在一个屋子里的时候，傅江雪是这样告诉乔玲珑的：“闺女，你就是我闺女。”然后，泪水潸然而下，傅江雪无限悲凉地讲述了陈年旧事，她讲得含含糊糊，似乎有意隐藏什么。

她只是说，当年她在无法养活乔玲珑的情况下，无奈只好将她放在了乔老三的家门口。那时的她还是个襁褓中的婴儿，包裹在一件绣着杜鹃花的蓝布包袱里。傅江雪步行了一整天，来到城西，将她丢弃，然后躲在墙角，眼睁睁看着乔老三将她抱回家中。

“你就那么狠心？不怕我养不活？不怕我长不大？不怕我受虐待?”乔玲珑连珠炮一样逼问，她觉得自己有权利这么问。一个母亲，无论如何不该狠心地将自己的女儿抛弃。

“当时是实在没有办法，如果有一点办法，我怎么……我怎么舍得……”傅江雪双手掩面，抽噎不止地说。

“呵，”乔玲珑轻声冷笑一声，“那时，你有了傅天南，有了儿子，当然不需要女儿了，女儿有什么用？又不能养老送终。”她觉得自己的话像子弹，“嗖嗖”横飞，射向傅江雪。

说这些话她也心疼，但她就是要说，就是要让傅江雪难受。“虎毒不食子。”肯狠心扔掉自己亲生骨肉的女人，不配做她母亲。

傅江雪抽抽噎噎，摇着头说：“你不懂，你不会懂的。”

“我当然不懂，我怎么会懂这么一位狠心母亲的心，一般人谁懂这些?”乔玲珑话中带刺，故意刺激傅江雪。

“你，你这个孩子，怎么如此刻薄?”傅江雪指着她说。

“我刻薄?”乔玲珑也忍不住了，索性哭出来，“我从小到大，哪个人见了不说我懂事。小小年纪，我就要忍受住孤独、煎熬，一个人在黑夜里默默地掉眼泪，想自己的妈妈。白天，我不敢让同学们看见我的眼泪，我不忍心让父亲看见我不高兴，我在任何人面前都是一个乖女孩，谁说过我刻薄？你抛弃自己的亲生骨肉，你倒不刻薄，我问了两三句，我却成了刻薄的人？世间的道理，都叫你占尽了。对，你说我刻薄，不假，我就是刻薄，我就是要惩罚你这个不负责任的人。因为有了儿子，你竟然狠心抛弃自己的女儿。”

乔玲珑还在滔滔不绝地控诉，傅江雪却突然抬起手，“呼”地打过来，可手伸到乔玲珑面前，却僵硬地停住了。

乔玲珑一看，反而轻松了，挑衅地说：“你想打我，对吧？打呀，我早就不是你女儿了。你打呀，我就知道你会有这么一手的。一边哭着流泪，一边却狠心地下毒手……你怕什么，你有儿子，你有傅天南!”

“你，你……”傅江雪猛地将手抽到自己的脸上，一下、两下、三下，“你知道什么，你这个傻孩子，傅天南根本就不是我亲生的。”说完这句话，她好像已经耗尽了力气，颓然地软瘫在墙角，双眼紧闭……

乔玲珑听到这句话，也惊呆了。

尽管乔玲珑极不情愿，思想也一时难以扭转过来，可看着眼前的傅江雪如此作践自己，出于善心和本能，还是情不自禁地走过去，拉住她的手，不让她这么伤害自己。本想说几句劝慰的话，谁知道话到嘴边，陡然化为一阵冷笑：“你真是活雷锋，自己的闺女丢弃了，给别人养孩子几十年，够有奉献精神啊。”

乔玲珑自己都没有想到，多年缺失的母爱亲情，在自己心中竟如此沉重，难以释怀。像她这样从来都是善解人意的一个人，此刻对傅江雪却唯恐报复不够，字字见血，句句带刺，她都不知道自己这是怎么了，茫然地望着墙壁……

傅江雪没有理她，而是静静地说：“总有一天，你会全明白的，我不求你原谅我，但求你能过得好，我就心满意足了。”

乔玲珑顿时感觉脸上火辣辣的，她羞愧了，自己连番急攻，竟然如一记重拳打在了棉花上，全部力量都消逝得无影无踪。

尽管还是不知道傅江雪当年经历了多么严重的事情，但乔玲珑沉默了，她无法继续将仇恨的子弹再次朝傅江雪射击。她也蜷缩在墙角，默默地想着自己的童年，她甚至强迫自己不要回想那心酸的时光，但意识此时好像已经完全不受她控制。

小时候，每每看到别的女孩儿在母亲怀里撒娇，乔玲珑就会悄悄躲开。她不知道自己的母亲什么样，不知道母亲是否还活在人间。问父亲，父亲总是含含糊糊地岔开话题。

尽管乔玲珑很小的时候就能感觉出父亲是有意躲闪，但她不想逼父亲。对于一个老实人来说，选择岔开话题，本身就是有口难言的最后一道屏障，她不能逼迫亲人。可也就是从那时起，七八岁看似柔弱的她心中种下一颗种子：凭自己的力量，调查清楚真相。

为此她在心里憋了二十多年，今朝谜底揭开，却是在她毫无准备、遭受轮番打击之下，这让她心智混乱，无法安放受伤的灵魂，她呆呆地坐在羁押房中，默默地用指甲抠着墙皮……

“江姨”

两天后，不知出于什么目的，警察竟然放掉了傅江雪、乔玲珑和王梅荣，难道是放长线钓大鱼？出公安局的时候，几个人都觉得不可思议，这么容易就放掉了？总觉得暗处躲着猫一样。

虽然心中忐忑，可又能怎样？只好互相安慰，毕竟她们无罪。总之，三个女人相继走出了公安局，各自朝自己家走去。

暂时安全后，乔玲珑带着无尽的疑问回到了家中。

傅江雪则一刻也没有停地去见他。

两个人一见面，都呆住了。

岁月沧桑并没有在他的脸上留下太多痕迹，傅江雪本来觉得他应该早已是皱纹满面，没想到他却反而比二十多年前更为俊朗了些。当然，此时用儒雅、稳重、绅士来形容好像更妥帖。

坐在咖啡厅里，傅江雪恍如隔世，她喃喃道："很久没有这么奢侈过了。"

"你应该最熟悉这里的味道啊，奶香中掺杂着一点点忧郁，多符合你的身份……"

"早已经过去了，我现在就是一小老太太。"傅江雪感到"自卑"正探头探脑地从骨头缝里冒出来，悄然窥视着外面的一切，窥视着桌前的一男一女两位老人。

"你依然是这么美丽、优雅。"他嘬了一口咖啡，用舌头不经意地舔着下唇上的泡沫说。

"快别这么取笑我了，老得不成样子了。"说话间，傅江雪顺手捋了捋鬓边散落的白发。仿佛这么轻轻一捋，就将往日的岁月捋过去了。

"都有这么多白发了？岁月真是不饶人啊。"他感慨道，"那时的你，简直就是个公主，一袭白裙，长发及腰，白白的袜子，方口布鞋；头上，还总是有个手绢挽成的蝴蝶结……"他沉浸在往事的回忆中，露出浅黄的牙齿，笑了，荡漾在往日幸福的时光，惬意而舒心……

她心中颤抖，无法抵御这绵绵的笑声。

他的笑容，还是那么熟悉。只不过，早年的笑声，带着点尖锐的音调。如今的他，声音充满磁性，如同把周围一切的烦恼、忧虑、焦躁，以及缠绵、缱绻，一腔柔情都调和得水乳交融，极为和谐，丝毫看不出破绽。

可仔细聆听，隐隐觉得，这声音中，平添了几分暧昧和不屑。或许，成熟男人、成功男人就是这味道吧，傅江雪暗暗想。

"当年，你很少笑。"傅江雪悠悠地说，摇动着杯中锃亮的银勺，轻轻一搅，岁月回溯。

"我哪敢笑？凭什么笑？哭都来不及，我有什么资格笑？"他忽然有点愤怒。

傅江雪见他声音大了，急忙小声说："这么多年过去了，你还是这么爱激动，仇恨就这么大？"她推过去一个蛋糕碟，提醒他低声说话，以免引起别人的误会。即使聊的是往日旧事，她也不想惊动别人，仿佛他一大声说话，就会将桌子上放着的陈年旧事吹散到地面上，让别人窥见真相。

他缓缓地用左手拇指的长指甲掐着右手虎口，长长地喟叹一声，歉疚地说："那些年，苦了你了。"

"哪里呀，让你受连累了。"傅江雪陷入深深的自责中，往事如一团雾气，氤氲在她心头……"当"的一声钟响，钟摆似乎撞疼了心脏，傅江雪回到现实，猛然醒悟，自己不该陷入往事不能自拔，这次来，是带着使命的。她这才焦急地说："女儿，咱们的女儿找到了。"

他错愕而急促地问："真的？你们见面了？"

"嗯。"傅江雪说完这句话，轻闭双眼，清泪滚落，她难为情地用纸巾擤鼻涕，掩饰自己的失态。

"不可能！"他倏地情绪激动，反复摇着头，"不可能……这绝不可能！"

"我自己的闺女，我还能认错？"傅江雪肯定地说。

他陷入了沉思，明明自己的女儿被罗杰杀死了，那块玉坠，自己已经清楚地见到过，而且罗杰也亲自监督，将她沉入了江底。死掉的人，怎么会死而复生？罗杰也因为害怕自杀了，这一切都发生在自己眼皮底下，怎么傅江雪会再次见到女儿呢？

或许是她想闺女太久，产生了幻觉或者认错人了，想到这里，他安慰她："我知道你这么多年深受折磨，但女儿已经不在人世了，你别自欺欺人了。"

是的，他就是老板"江姨"。可傅江雪不知道他这些年做了那么多邪恶的事情，觉得他依然是往日的他。

傅江雪稳定一下情绪，将头抬起来，一字一顿地说："是真的见到了，我们还，还，互相伤害……"她觉得"伤害"这个词很丑陋、很尖锐、很疼痛，但她必须说出来。恶狠狠地说出来，故意惩罚自己一样，仿佛说出来这个词，自己的罪过便能减轻一分。

到这一刻，他恍然大悟，可能女儿并没有死去。该死的罗杰，竟然敢违背自己的意愿，竟然敢公然背叛。看来这年头，谁都靠不住了。可很快他又起疑，既然女儿并没有死，罗杰何必自杀呢？

想了片刻，他释然了，罗杰还是非常怕自己的，他是怕自己追究他的责任，因为恐惧而自杀的。想到这一点，他露出阴险的笑容。依旧是笑……抬起头，面对现实，他知道，面前的这个女人，绝不能告诉她真相，否则她会吃了自己的。

傅江雪哽咽着说："她不肯认我，还一个劲儿否认我是'江姨'，我快撑不住了，我不想再隐瞒下去了。"

"我们不是说好的吗？你可不能只图自己一时解脱，让女儿再受伤害。"他信手拈来一张精神合同，规劝对方履约。

再次听到"伤害"一词，她难以自抑，双肩颤抖地说："我真的不想再演戏了，何况她也不小了，我相信她能承受……要不，就告诉她吧？"

"告诉她？告诉她什么？难道告诉她，她是因为偷情而出生的，是不得已来到这个世界上的？你难道忘记了我们当年承受的屈辱？你想让你的女儿也陷入这段悲凉的历史中？你是不是太自私了？你就不怕女儿恨你？"

他一点一点剖析，像掀开别人的一个巨大的伤口，本来这伤口已经结痂，不再流血，可因为他或者她的再次掀开，流淌出鲜红的血液。

她还在啜泣，他循循善诱地规劝："记住，你就是'江姨'，到任何时候，都不能忘记这点。"

“可我怕自己伪装不下去了。再说，告诉孩子，她还有个父亲，她，她一定会高兴的。”

“不，绝不要心存幻想。当年我们一次又一次被众人唾弃，还不是因为我们太幼稚，心存幻想，才一次次备受煎熬吗？你忘记了吗？他们把你绑起来，要扔进水里，沉入水底，喂鱼、喂鳖，让你沉入污泥中，渐渐腐烂……”

傅江雪掩面痛哭，她的思绪再次回到那段不堪回首的岁月。

他轻轻地抚摸着她的手背，柔情似水地说：“你就是‘江姨’，记住，这是我们的生死约定。”

“可我总觉得，他们对‘江姨’，似乎……尽是仇恨。”傅江雪断断续续地说。

“或许，是恩情太重了，多年来，是你一直在资助你的女儿，天经地义，有谁敢怀疑？或许这份情太重，她承受不住。”

傅江雪蓦地止住哭声，充满疑惑地问：“你，不会做了什么坏事吧？”

“我能做什么坏事？”

“那傅天南咋好像也在说你什么？”

“傅天南？”他急急地反问，“傅天南是谁？”

“我儿子，你忘了？我有个儿子，就是不得已嫁给老傅后，他前妻的儿子。”

他脑子瞬间短路了，强大的恐惧让他不得不重新审视自己所做的一切。千算万算，无论如何也没有想到，那个出租车司机，竟然是傅江雪的继子。他咬咬牙，毅然决然地对她说：“你儿子或许知道些我们的往事，故意往我身上泼脏水，你千万要咬紧牙关，记住，你才是‘江姨’。”

“可他似乎已经起疑，而且，他现在是死是活我都不知道。你说，究竟发生了什么？”

他淡淡一笑，说：“我如何知道发生了什么？我什么也没做啊。你想过吗？如果不是有意诬陷，怎么会这么巧？偏偏你儿子也知道‘江姨’？”

“我还能信你吗？这么多年过去了，你变了吗？”傅江雪疑惑不解地追问。

“我变没变，你还看不出来吗？这么多年来，我一直是以一颗忏悔的心在人世间行走，希望你不要再打破我宁静的生活了。我一个人孤单也就罢了，难道你忍心再往我的伤口上撒盐吗？江雪，你愿意吗？”他轻声呢喃。

江雪？他怎么可以这样叫？她的心乱了。

带着这颗破碎的心，她踉踉跄跄地回到了家中。

小院，阳光依旧，低矮依旧，可接二连三的打击，已经打破了小院的宁静，冰冷的语言已团团包围住这座小小的院落。

流言之祸

一阵风，忽然在江北县肆意蔓延。

确切地说，是一个消息。这个消息，像长了腿的风一样迅速在大街小巷传播：东城刮罢北城刮，南城刮完西城刮。消息说得有鼻子有眼，说由于连续食用地沟油，已经有七八个小孩儿患上了白血病；有的说，老人也死了六七个；还有的说，食用地沟油，会让人心脏骤停……

老百姓传话的速度超过导弹发射的速度，每个传话的人，都喜欢按照自己的构思，顺便添油加醋，以示真实可靠。于是，本来只是一句传言，到最后却发展成燎原的烈火，肆意蔓延，无法控制。

听说食用地沟油会导致心脏骤停，所有人都吓坏了。

听听，骤停！魔鬼一般的诅咒忽然降临在这座曾经安宁的小县城，在每家每户游荡。每个人出门都爱朝天上看看，仿佛头上悬着一把“地沟油之剑”，谁也不想猝然之间被这把毒辣的剑一招毙命。

流言日久，人人恐慌。

人们一下都用怀疑的目光端详起自己和家人来，看着看着，猛然发现了很多疑点：怪不得妈妈的胃病始终不好，地沟油！丈夫的肩周炎顽固反复，久治不愈，地沟油！妻子子宫肌瘤悄悄生长，地沟油！孩子学习老是注意力不集中，还是地沟油！

甚至蹬三轮的大爷，也觉得生意一直不好，就是因为自己常吃地沟油腿上无力，难以和同行展开激烈的竞争才导致的。

这下好了，全县城的主妇们开始恐慌，每次炒菜，都对着油壶发呆，觉得是在给家人下毒，忧虑一番后，还是无奈地在锅将烧红的时刻倒下食用油，但却明显比往日少了很多。女人们想：即使是毒药，少点总比多点安全。

单位的办公室里，每天都在传这件事；走在路上的人，不断地拿手机发微信、写微博，广而告之；公交车上，大家议论纷纷，散播着自己听到的最新消息。人人都是自媒体、消息社，路边新闻的震慑力，一点也不亚于八级地震。

汽车站附近蹬三轮的师傅，一没事就聚集在一起谈论地沟油。以前他们觉得这不算个事，反正自己已经在生活的最底层了。朋友们说需要锻炼身体，师傅就会说，锻炼啥，那都是有钱人娇气找罪受，我们这类地沟里的老鼠，活一天赚一天，哪天结束哪天算。可现在忽然就真和“地沟老鼠”沾上边了，师傅们也坐不住了……

太阳升起的时候，在说地沟油；月亮升起的时候，还在说地沟油。

人们口头上说的是地沟油，可心里却觉得是在说砒霜。

坏消息总是以飞快的速度传播。很快，这个消息顺着柏油马路、沿着QQ，沿着微信、微博、博客、论坛，沿着一辆辆出租车，沿着进货的服装商人的嘴，渗透到了西陆市。

一周过后，西陆市也现出了“谈油色变”的情形。

和许多谣言一样，谁也不知道是谁最先传出这个信息的。政府当然知道这种夸大的不实消息的危害性，也知道这种谣言在民间流传得越广，对政府造成的损害越大，但苦于一时找不到散播的源头，于是在电视上、报纸上、广播里，开始每天推广地沟油的知识，给民众详细解释，条分缕析其构成以及危害，透露出一个信息，市面上地沟油数量很少，政府正在打击，已经取得明显成效，请广大市民不信谣不传谣，不要恐慌。

明明报纸上、电视上说的是不让市民恐慌，可很多人却理解为：这件事是真的，要不然政府不会公开承认有地沟油，让大家“不要恐慌”，只是为了维稳，聪明人一点就透，其实最应该“务必恐慌”，早做准备。

几天时间，各种创造性的自备油策略纷纷出台。乡下有亲戚的人家，就眼瞅着榨油机一滴一滴地榨出黏糊糊的油脂，他们放心地笑了，再也不觉得这样的油没营养。

人人都在搜肠刮肚地想是否有一个乡下的亲戚，这些农村的亲戚一下子不像往日那么令人讨厌了。还有的开始在网上搜索各种榨油的方法，甚至炒菜的时候不加油，而多采用那些小磨香油之类的调料，希望自已能躲过这无妄之灾。

某日，乔玲珑穿一件灰色连衣裙，披一件白色外套，步行出了门。

几天时间，经历了这么多事情，让她觉得天空不那么蓝了，阳光也不那么明媚了。踢着一块石子，她心里却摇晃着一块大大的石头。忽然就寻找到母亲了，这个事实让她无法接受，尤其是听到傅天南说“江姨”就是幕后主使者后，更觉得心乱如麻。

这一切都太戏剧性了，纠结无数天的心情还是没有一点开朗。她劝自己想开点，却偏偏有个人故意作对似的藏在身体内，藏在脑子里，时不时出来告诉她一声：傅江雪就是抛弃你的那个女人，傅江雪就是计划杀死你的那个歹毒的人。

她摇摇头，觉得这绝不可能。即使傅江雪真的是“江姨”，她也不可能这么做的，因为傅天南是她的儿子，她怎么会伤害自己的孩子呢？虽然傅天南匆忙之间并没有说清楚“江姨”是如何戕害他的，但他说了，“江姨”是个男人。

男人？“江姨”？乔玲珑脑子里忽然冒出个念头——难道有人假借“江姨”之名？为什么他要假借“江姨”这个名字呢？这样一个名字，实在听不出有什么创意啊？有一点可以肯定，背后这个人，肯定与傅江雪有扯不断的瓜葛，或许傅江雪在他心目中占有很重要的位置。

想到这里，乔玲珑打了个寒战：和傅江雪有牵连，男人？那是不是说，这个人，很有可能是自己的亲生父亲！

“小姐，打车吗?”路过的出租车司机喊。

乔玲珑摇摇头。

司机紧追不舍，缠着她说：“大热的天儿，少走几步，给口饭吃，就当做慈善了……我少收你点钱。”

乔玲珑摇摇头，慢慢走。

司机很执着，献媚地说：“你这么漂亮的人，刮这么大的风，多脏啊，上来吧。”

乔玲珑见司机面目清秀，诚实可信，一时倍感亲切。与傅天南接触了几天时间，让她一反以往认为“出租车司机都特烦人”的想法，此刻她觉得所有的出租车司机都是“亲人”，她索性就打开车门上了车。

上了车，却不知该指挥车往哪里走，司机便听话地漫无目的地只管朝前开，反正大热天等人也是无聊，权当是秀车技了。

可司机心里想着油门，怕走得太远了不好算账，于是便没话找话地拉近距离，说：“你是领导吧，看你这么有气质。”

乔玲珑苦笑一下，问：“你觉得是多大的领导？”

“至少是个科长吧。”

“让你猜着了。”乔玲珑有一搭没一搭地回话。

司机见她这么说，越发认定她是个领导，一时心热，觉得该打听一下人人担心的事情，就问道：“你们领导，怕是不吃地沟油吧？”

乔玲珑无所谓地说：“和你一样，科长也食人间烟火。”

司机不以为然，说：“那可不一样，你们肯定有准备。你听说了吗？最近送礼，最吃香的就是农村榨的油。”

乔玲珑呵呵一笑，说：“没看出来，你还挺关心政治。”

司机大大咧咧地说：“嗨，我哪儿是关心政治，我是关心我的小命。家里老老小小一大堆，个个张嘴等着吃喝。我要是有个三长两短，这天还不得塌个黑窟窿。他娘的，这作死的小贩，为了挣钱昧良心，也不怕半夜鬼敲门。”

乔玲珑没有接茬，呆呆地望着窗外，又沉浸在忧愁中。

司机虽然一直在朝前开，可心中忐忑，刚才是自己死乞白赖将她劝上车的，万一钱多了她不付款，可就惨了，于是就试试探探地问：“妹子，咱总不能一直就这么朝前开吧？哥开的不是寂寞，是汽油啊！”

乔玲珑被他如此调侃一句，想起来一件事，对他说：“朝城北开。”

她此时脑子中异常清醒，是该当面问一问自己的身世了，所有有关的一切，该揭开谜底了。

就在乔玲珑为自己的身世之谜无比烦恼时，从家里逃命的傅天南，此刻正躲在西陆市一个建筑工地上，担惊受怕地卖力气搬砖，当小工。

沉默的约定

老板“江姨”，听说西陆市也因为地沟油而全城恐慌，高兴地端起盛满红酒的酒杯，轻轻地嘬一口，哈哈大笑，恶狠狠地骂道：“谁辜负了我，我就要报复谁，我让你们看不起我！”

笑着笑着，又突然号啕大哭，猛地摔了酒杯。他越发狂躁。之前，他为亲手杀死了女儿而懊恼不已，可现在知道女儿尚在人间，他却依旧不能相见，好不愤怒。

多少年了，多少年了，他觉得自己就像一个躲在地下的恶魔，无论功力多么强，却不敢见阳光，不敢面对任何人。

他回忆起了以往的幸福时光……

从十岁开始，每隔三个月，乔玲珑就会收到一张汇款单，虽然缺少父母的爱，她却从没有因为钱发愁过。

多少次，他忍不住冲动，想去看看自己的这个女儿，但一想到往日承受的屈辱和仇恨，便再也没有勇气出现。他不敢再出现在傅江雪的面前，也不敢出现在乔玲珑的面前，就这么忍着、憋着。

只有到了汇款这一天，他才觉得自己有了气息，真实地活在人间，是幸福的。想到自己不是一个人活在这世界上——他有个女儿、有个爱人陪着他活在世界上，他不孤单。

这一天，他会一早起来沐浴更衣，悉心洗漱，穿上那件灰蓝色西服，穿上那双黑亮的皮鞋，将自己整理得干干净净，然后独自出门，朝邮局走去。

这一天，是他自己的盛大节日，是他梳理心绪的日子。每一次，他都是带着无比神圣的心情出去，可邮寄完之后，心情却愈加沉郁。他陷入这痛苦与欣慰交织的黑洞里不能自拔，且喜且忧……

他走到时，邮局往往还没有开门，他就静静地站在邮局门口，看着来来往往的人流，为了工作、为了生活四处奔忙。他觉得自己在做的，是人世间最温暖的事情，和阳光、空气一样，必不可少。

等邮局开了门，他会风度翩翩地走进门，抽出一张汇款单，工工整整地在附言栏里填好“江姨”。反复端详着，他沉浸在这两个字里，温情荡漾。有几次，他忍不住要写上女儿的名字，但他忍住了。不忍也没有办法，其实他根本就不知道女儿叫什么，地址是哪里。

一切都填好后，他会拿着这张汇款单，到快递收件处，填上傅江雪家里的地址，将这个汇款单寄过去。

仔仔细细地将汇款单放在快递袋子里，他的心总是会疼，明明知道傅江雪住的地方，却不能去看望。他觉得已经伤害了她无数次，不能再打扰她的生活了。他将这份爱，深深地埋藏。

埋藏爱，是最痛苦的。

然后，他会迎着阳光，到银行的柜台，将需要邮寄的钱存入傅江雪的一个银行卡账户里。这个数目，18 年前，是三十元，后来涨到了四十元，再后来，不断增长，最后涨到了现在的每月一千元。

办完这一切，这一天，他会被幸福和痛苦灼热的火焰炙烤……这种痛苦，陪伴了他二十多年，而这二十多年的折磨、不甘心、纠结、忧虑，使他的心理变得越来越阴暗。他痛恨这个社会，痛恨所有的人。

傅江雪会按时坐车到西陆市，到银行拿出这笔钱，拿着那张填好的汇款单，到邮局汇款给乔玲珑。

两个人就这么默契地坚守着这份约定，二十多年从没有间断过。

尽管傅天南的亲生父亲、傅江雪的丈夫，也知道有这么一张快递单，刚开始那几年还露出过想一问究竟的念头，但一想到傅江雪这个昔日的大小姐、大美人，无端屈尊下嫁给了自己这么一个最普通的男人，就不敢多问了。

天长日久，所有人都好像淡忘了这件事。于是，无论谁接到这份快递，都会淡定地熟视无睹。

傅江雪和这个“江姨”，就这么顽固地坚守着这份约定，目的只有一个，两个人都不想暴露过去，不想给乔玲珑——他们共同的骨肉，造成任何伤害。他们不想让乔玲珑知道那段撕心裂肺的岁月里发生的一切。

而这一切，随着乔玲珑站在城北傅天南家门口，即将彻底揭开谜底。

让乔玲珑始料不及的是，她揭开的，竟是一个家族悲惨的丑陋往事，其触目惊心的程度，远远超出了所有人的想象。

死胡同

傅会任再次出动了。

这是一家位于城东的汽车修理厂，虽然是私人汽修厂，规模却非常大，钣金、塑焊、喷漆、保养、拆装发动机一应俱全。汽修厂内，不到二十岁的小学徒工比比皆是。工人们个个一身油渍。叮叮当当的响声，混杂在一起，宛如走进了汽车屠宰场。

见傅会任这个财神爷到了，老板笑容可掬地迎接上来，连作揖带巴结，生怕傅会任露出半点不满意。

傅会任在汽修厂的会客室内，享受着香甜可口的咖啡，摆出一副主宰天下的姿态。确实，他的出租车公司，拥有半新不旧的车辆数百辆，是汽修厂最大的客户。每年光是磕磕碰碰的业务，就足以养活任何一个汽修厂。

以往来这里，傅会任顶多也就是在老板的陪同下，四处参观参观，指导指导，说些大而空的话，然后被老板引到茶楼或者饭店，胡吃海喝一顿，临走再将后备箱装得满满当当，欢喜而归。可这次，他却一直待在接待室内，只有他和汽修厂老板两个人，交头接耳嘀嘀咕咕半天，谁也猜不透两人玩什么猫腻。

警方自然联想到了傅天南的那辆车，怀疑汽修厂老板是否参与到了这桩车辆丢失案当中。

傅会任从汽修厂出来后，一路疾驰奔回公司，召开了公司中层会议。会议上，他这个放荡不羁的领导，第一次正式而严肃地宣布：全体员工要精诚团结、上下一心、积极主动配合警方，尽快调查清傅天南的去向。

然后，他话锋一转，说了许多傅天南的好话，称赞他是公司的一面流动红旗，是党员示范先锋车的突出代表，他们不能因为他的一时糊涂而彻底否定一个人。虽然傅天南此时不知去向，但他与公司里每个人一样，都是亲兄弟，大家要精诚团结、同舟共济、共渡难关。越是在困难时刻，越应该拧成一股绳，齐心协力，共同与犯罪分子作斗争。当然，公司里的所有司机和领导，都是多年的老伙计，做人嘛，还是要讲人情的……

如此种种，听得人云里雾里，不知其所云。散会后，几个不错的同事，小声地嘀咕，傅总经理今天的话，高深莫测，究竟是要大家帮傅天南还是要检举他？谁心里也没个底。

警方单独调查了汽修厂老板，可从老板那里，却一无所获。据老板说，傅会任这次来，主要是商议一批车辆的维修费用，希望汽修厂能够体谅他们的难处，给予适当减免。

警方关心的是，傅会任是否说了与傅天南有关或者与连环案有关的事情，汽修厂老板矢口否认。

一无所获。

傅会任在会议上的讲话，综合分析后，也难作出准确判断。有人提出，莫非傅会任想联合汽修厂骗保险费？有人觉得傅会任是故意释放烟幕弹，背后一定隐藏着其他秘密……说法始终无法统一。但有一点可以确定，他一定有事！否则，他不会在这敏感时刻连番动作。

于是，对傅会任的监控，紧锣密鼓地进行着。公安机关一方面加紧对全县的排查力度，继续在外部施加压力。对傅会任却欲擒故纵，外松内紧，希望他放松警惕，最终现出原形。

另一方面警方也取得了重大收获。从饭店老板那里顺藤摸瓜，掌控了地沟油案的重要信息，成功将“饭猪”等剩余的喽啰抓捕归案，并一举捣毁了地沟油地下生产工厂以及审讯关押傅天南等人的小黑屋，同时发现了罗杰、“螺丝”的尸体。

地下工程的规模，让警方感到触目惊心。他们没想到，在南溪岛的地下，竟然隐藏着如此规模的犯罪团伙。为此，江北县公安局长等领导受到上级严厉批评。

虽有收获，但“饭猪”之流只知道他们的顶头上司是罗杰，真正的老板每次来都戴着面具，他们根本就没有见到过其真面目。

他们描述的身高、体型以及说话的声音，都和傅会任极为相似，于是，为了彻底破获此案，找到幕后老板，警方不遗余力地监控傅会任。殊不知，他们被傅会任带入了一条死胡同。

有一点可以肯定，如果不抓住幕后黑手，他极有可能逃脱——因为从他对手下喽啰等人弃之不管的作为来看，这是要了浑水摸鱼的套路，希望顺利脱钩，像泥鳅一样溜走。

这是绝对不允许的！

爱情

另一边，瞿楠对宁周元说：“我们结婚吧。”

宁周元说：“好啊，我等这天很久了。”

简简单单的一句话，让瞿楠激动不已。结婚，普普通通的两个字，此刻在她的心湖上，却掀起滔天巨浪。对于她来说，此前无数个日夜，曾经多么渴望有个人陪着，一同逛街、吃饭、聊天，甚至吵架。

她一直以为，小吵小闹，是夫妻感情的黏合剂。一次次吵闹，看似互相伤害，其实是将彼此的弱点暴露、晾晒，再到修复、融合的过程。小吵是怡情的、惬意的，充满炊烟味道的。只有那些歇斯底里的大吵大闹，才会破坏感情，她是永远不会大吵大闹的。

很多剩女们，与其说是对结婚抵制，还不如说是恐惧心理在作祟。对此，瞿楠曾经认真地思考过。

瞿楠自认为，她并不像其他那些剩女。她觉得，她是特殊存在的，她的单身，是独一无二的。她既不是害怕对男人不了解，又不是怕家庭对自己束缚，更不是怕结婚会妨碍自己事业发展，也不担心家庭就是爱情的坟墓。

她不结婚，不是恐惧婚姻，是没有遇到合适的人。一旦遇到合适的人，她就嫁了。宁周元，无疑就是她所认为的合适的人。他不但用心爱她，也不会在结婚后将她牢牢拴在他这条船上，一定会给她自由的。

他的社会关系也不复杂，不必考虑那么多的人际交往。瞿楠觉得，幸福就像一盏灯，一直都存在。要点亮这盏灯，唯有靠自己。如今，她因为写文章，偶遇宁周元，就是最幸福的。

她依偎在他怀中，勾勒着结婚后的幸福时光，忍不住哼哼起了《虫儿飞》。

瞿楠微微地眯起双眼，心中飞起两只虫儿，彼此依偎，在树林间穿行，尾巴上带着萤火虫的荧光，光虽微弱，却一闪一闪，将暗夜照亮……

整个世界都寂静无声，它们互相能听见彼此翅膀扇动的声音，“呼呼”，荡漾在清新的空气中，小心地躲避着一滴露水的滴落和一片叶子的阻拦，飞呀飞……

第六章　残酷的真相

往事

那是一段血泪史，一段傅江雪最不愿回忆的岁月，但这个不依不饶的女儿乔玲珑，硬是逼迫着她，回到了旧日光阴。

旧事重提，纵有万语千言，也须平心静气。傅江雪悠悠地说："当年，他是个穷小子，而我，是个大户人家的女儿。"

乔玲珑听到这句话，心头一颤。没想到，眼前这个清瘦的傅江雪，竟然有着显赫的家世。她一时蒙了，恍恍惚惚，思绪无法集中，不知道接下来会是个怎样的故事。

"你外公家，是个非常庞大的家族。那些年，江北县有半条街的产业，都属于傅氏家族。这个传承数百年的家族，有着非常严格的等级制度和森严的传统礼教，谁要是不小心触犯了哪条清规，轻则反思、抽打，重则一命呜呼。”

乔玲珑一听，心中震颤：这是怎样一个家族啊？

傅江雪长叹一声，拢了拢头发，努力控制自己的情绪：“他那时候只有二十三岁，长得白白净净，在县城中学里读书。你外公的二儿子，也就是你的二舅，在中学里教书，是他的老师。他来家里给你二舅送书，无意中见到了我。我那天正在花园里散步，手里拿着一个没有绣完的杭绢手帕。他路过后院时，正逢一阵狂风刮来，天昏地暗。我手里拿着的绣框掉在地上，被风吹得满地乱飞。慌乱中，是他跑过去捡起来的，在他将绣框递给我的时候，我们两人的眼神相遇了。真是没想到，就那么一眼，我就被他火热的眼神吸引住了，他瞪着双眼看着我，眼睛里仿佛燃烧起一团火焰……

“这以后，他便开始找各种借口来给他的老师送书、送东西。他懂礼貌会说话，刚开始大家都很喜欢他，他来的次数也越来越多。我们就偷偷地在花园里见面，直到四年后的一天，被你外公无意中撞见……”

乔玲珑能想象出，若干年前，两个年轻人相爱的场景，她已经完全被故事吸引住了，忘记了这是自己父母那段不堪回首的刻骨铭心的岁月。

傅江雪沉吟片刻后，继续说起往事。她父亲早已将她许配给县里公安局长的儿子。当时，她已经三十四岁。这样的年龄未婚，在那个年代，是非常少见的。公安局长的儿子在国外留学，已经同家里失去联系好几年了。可因为有这桩婚约在前，其他人家都不敢上门提亲，她就被这个局长的儿子耽误着，婚事一拖再拖。

女儿久未出嫁，她父亲很着急，公安局长也很着急，但再急，也不能慌乱。两家在江北县都是有头有脸的家族，虽说经过无数次群众运动，傅家已经没有多少财产，但雄风犹在，家族的地位依旧存在。尽管时间已经是二十世纪八十年代了，但在江北这个山城里，大家的观念还非常传统，觉得无论世道如何变化，规矩和祖宗的章法不能乱。

那天，傅江雪的父亲在后院撞见他们两个人的时候，相爱的年轻男女吓坏了。因为他们清楚，如果家长不愿意，是很难走到一起的。为了阻止这个年轻人毁了与局长家的姻缘，傅江雪的父亲派人威胁他，如果再敢来纠缠他的女儿，就辞掉他，让他失去留校任教的工作。

很长时间，两人不再联系。

乔玲珑能够感受到，傅江雪虽然始终没有告诉自己这个人叫什么名字，只是说“他”，但这个“他”，很可能是自己的亲生父亲。因此她也不急着催问他叫什么名字，出于对他的尊重，更带着几分神秘，就这么安静地听傅江雪讲述。

让乔玲珑颇感意外的是，自己出生的二十世纪八十年代，中国大多数地区已经解散了生产队，开始推行土地承包的模式，改革开放已经初露端倪，可在江北县这个北方的小县城里，竟然还在上演包办婚姻的人间悲剧。

她甚至无法想象，傅江雪，自己的母亲，竟然出生在一个大家庭里，竟然三十四岁还待字闺中。自己如今二十八岁，已觉得是剩女了。难以想象，那个年代，超龄的女子突然遇到那个“他”，心情有多么迫切，一定会爱得死去活来。

“大半年时间，我没见过他，也不敢挑战父亲的权威，总想着，慢慢就能忘掉他……”

可每天晚上一躺下，她就不是自己了，满脑子里都是他的影子。刚开始是一只虫子在心里爬，后来越来越多，一群痒痒虫慢慢地在心尖上爬，可她还是努力克制着自己，忍耐着思念。

因为从小到大，她从没有挑战过父亲的权威。可忍着忍着，她出现了问题，渐渐食欲不振，患上了相思病。饭吃不下，觉睡不好，整天病恹恹的。但直到这时，她依然只会被动地相思，从没想过如何去找他。眼见得她一天天消瘦下去，家人也都无可奈何，盼望着能够出现奇迹……

“后来，他还是出现了，他甚至不怕丢掉工作。要知道，在那个年代，有一份安稳的工作，是非常不易的。他也知道父亲绝对有能力让他丢了饭碗，但他就是这么执拗，还是偷偷地来见我。我们偷偷地约会，小心谨慎，越来越隐秘，父亲一次也没有发现。但父亲的警觉是很值得佩服的，父亲发现我的病情好像逐渐好转了，刚开始十分高兴，以为我彻底忘掉了他，思想转过弯来了。渐渐地，父亲发现被欺骗了，因为我虽然身体好了，精神好了，但还是一点都不和父亲搭话，甚至更加冷漠，父亲觉得可能我是在反抗。最终，父亲发现了端倪……于是，有一天，在父亲的授意下，我们被抓住了……”

就像刚刚跑完了马拉松全程，讲到这里，傅江雪似乎已精疲力竭，再无半点气力。乔玲珑甚至难以理解，方才讲述两人的爱情故事时，作为母亲的傅江雪简直有些“不知羞耻”。

有些话，乔玲珑听起来都脸红心跳。不知道她是完全沉浸在往事中忘记了一切，还是故意这样描述，想让乔玲珑引起共鸣。总之，她说话的腔调，完全不像一个母亲给女儿讲自己的恋爱往事。

“父亲发现后，立刻恼羞成怒，将我锁在家中。父亲因为很早就将全部财产交给了国家，并且在县政府中担任了教育局长，所以有恃无恐。他觉得管教自己的女儿，不属于社会问题，只是家庭问题……我被锁在屋里，恨自己的父亲心狠手辣。为什么他对国家能如此慷慨，对自己的女儿却冷酷无情。慢慢地，我又听说父亲免了他的教师职务，他成了流浪人。他一个外地人，没了工作没了收入，过着流浪汉的生活。可就是这样，他还是没有忘记我，曾经多次偷偷地爬上墙头，喊我的名字……”

傅江雪擦着眼泪，继续说：“父亲被彻底激怒了，将他抓到家中，狠狠地用藤条毒打。不光父亲打，整个家族的人都在轮换着打他。我被拖到现场，父亲已经不顾廉耻了，让我这个未嫁的‘偷情’女子看着自己的‘奸夫’接受惩罚。

“‘奸夫’，父亲当着众人的面说了这个词，羞辱我，他完全不顾我的自尊。他出生在壁垒森严的封建家族中，首先想到的是如何保住家族颜面。家族里的人见父亲六亲不认，光明磊落，纷纷盛赞，转而义愤填膺，恶毒地发泄着，用藤条狠狠地抽打他。直到藤条开了花，忽然折断，还有人上去踢了他几脚。踢的时候，有两脚踢在了脸上，他的牙齿掉了，满嘴是血……身上的衣服，牢牢地贴在皮肤上……可他在奄奄一息中，还在喊叫——我就要娶江雪，我就要娶江雪……

“面对这么一个不要命的家伙，我哭喊着给父亲跪下，给身边的各位叔叔伯父们跪下，撕心裂肺地哭喊着：‘放过他吧，我一辈子不嫁也不敢了，求你们放过他吧。’他却在哭喊着：‘我要娶江雪，我要娶江雪……绝不妥协。’

“我太了解这个家庭了，太了解这个家族了，知道他们对偷情的女子是非常痛恨的，觉得给祖宗丢了脸，觉得女人的脸是整个家族的，不属于她自己。他最终被游街示众，被众人抬着扔到了河边。大家都想着，这下他该知道厉害了，该退却了。”

一声叹息，一声长长的叹息。傅江雪闭上双眼，两行泪水无声地淌下……

“谁也没有想到，半个月后的一天下午，他竟然站在我家门前，敲大门的铁环。这简直是疯了。他疯狂地站在门口，父亲也被吓住了，把他放了进来，偷偷地派人去喊家族里的壮年汉子，怕他是来报复的。看到他并没有拿刀或者棍棒胡来，所有人都觉得，这个年轻人疯了！有心继续惩罚他，可又不敢太出格。毕竟是新社会了，谁也不敢草菅人命。

“很快，家族里的壮年人蜂拥而至，聚集了一屋子人，大家虎视眈眈地盯着他，看他有什么反应。他穿戴得非常整齐，当着众人的面，气宇轩昂朝四周转了一圈儿，回过头来，深深地弯腰，给父亲鞠躬，然后说：‘岳父大人，我郑重地向你的女儿傅江雪求婚，我恳求你看在我们真心相爱的分上，同意我们结为夫妻。’

“父亲可能被他的执着感动，又或者对我这个大龄女子败坏门风，已感到疲倦，但父亲刚说了一句：你太穷了……家族里的人见父亲并没有斥责他，怕父亲松口，于是将父亲挡在一边，私自做主，强行告知他，三天之内离开江北县，否则将尸骨不存。

“他正值青春，热血沸腾，当然不怕这种威胁，顽固地坚持着，继续挑衅……再次被毒打后，他被族人扭送到县公安局。你现在或许理解不了，当时人们对这种感情自由深恶痛绝、嗤之以鼻。坚守着‘凡是自由恋爱，即为风流狗男女’的思想……结果，他真就被捉拿入狱，罪名是流氓罪。”

傅江雪缓缓摇着头，疲惫不堪地说：“流氓罪是人品问题，是全社会都唾弃的。好多并不知情的人，认定他是个偷情的人，甚至有人说他是强奸犯。因此，他在监狱里再次遭受非人折磨。我听说后，也豁出去了，将自已的积蓄拿出来，托人将他保释出来。那时候他已经患了重病，整天身体冰凉。我和他私奔了，哪怕死在外面，也在所不惜。

“我觉得自己生命中有这么一次轰轰烈烈的恋爱，死了都值了。好心人将我们偷偷地送往南溪岛，那时的南溪岛荒凉无比，南溪桥也只是木头浮桥。南溪岛上好几处枪毙犯人的刑场，还有就是，谁家夭折了孩子，都抛弃到那个岛上，所以人迹罕至。这也给了我们难得的温存机会，我们就在岛上，用我偷偷从家里带出来的首饰和积蓄，一砖一瓦地盖起了那个老屋。”

听到这里，乔玲珑忍不住问：“就是现在岛上那老屋？”

傅江雪点点头，继续说：“那段日子啊，是我最幸福的时光。也就在那时候，我发现自己怀孕了，可我并没有特别慌乱，甚至觉得很幸福。如果……如果时光就那样结束多好啊，每天面朝大河，两个人厮守着，种田、种菜，说说话，互相看两眼，能够相濡以沫，再也不用想那些躲躲藏藏的日子。我们甚至天真地以为，这辈子就这么幸福地过下去了。可时间并不长，不知道谁走漏了风声，总之，家族的人到岛上，将他和我抓了回去。未婚先孕，奇耻大辱，按照族规，我将会被沉入水底溺死。”

“溺死？”乔玲珑觉得简直不可思议。二十世纪八十年代，竟然还有如此荒唐的事情发生，不啻天方夜谭。

“眼见着我要被夺去生命，他这次是彻底被激怒了，大喊大叫要杀人。但他当时还是被无情地绑在已经破败不堪的祠堂的木桩上。可能有人实在看不下去了，夜里偷偷给他割断了绳子，劝他快些远走他乡。可救他的人却没有想到，我当时已经怀孕，他怎么忍心我和孩子——也就是你——一同丧命。于是，他半夜潜回我的家中，将你外公连砍数刀，瞒着我，将我救出来连夜送往南溪岛老屋的地下暗洞里。

“以前我们建屋子的时候就想到可能会被发现，于是就偷偷在地下建了暗洞，但我们开始居住后见长时间没人发现就放松了警惕。那天下午，就是在河边散步时被家族人抓回去的。我被送到暗洞后，他拿出蝴蝶玉坠，一个给我，一个他留下，对我说：‘我们日后与孩子相认就靠这个了。’我当时觉得不对劲儿，但他一直哄我说是为了以防万一。半夜里，他没有告诉我去哪里就偷偷跑了。结果两周后，我才听倒垃圾的人说，他砍了你外公，自己投案自首了。我听到这个消息后，眼前一黑就昏死过去了……”

累了，傅江雪说完这些，浑身瘫软，像被人抽去了脊椎骨，绵软地瘫在布沙发上……她是真的累了，说了这么多，她的神情甚至已经有点恍惚了。

后来，他在西陆市劳改场服刑中，被一再减刑，待了十多年后出来。当然，要庆幸，乔玲珑的外公没有受到致命伤。

出狱后，“流氓”加“行凶犯”的双重身份，他被当作社会异类，无法立足，于是他远走他乡，音信全无。

他入狱后，傅江雪万念俱灰，生怕女儿背上名声污点，一辈子受人指戳，就偷偷将乔玲珑放在了城西，看着乔老三抱回了家，才眼泪涟涟地回来，嫁给了傅天南的父亲。傅天南的父亲在他们结婚后不足十年就去世了，剩下傅天南孤儿寡母相依为命。

“我当时嫁给傅天南的父亲，有两个原因：一是，他在狱中坚决地同我断绝了关系，可能是怕连累到你；二是，你外公临死前，牢牢抓住我的手说：‘你要是不嫁人，爹死不瞑目。’我在无路可退时，才嫁给了老实巴交的傅天南的父亲。他出狱后，不知道去了哪里，大约过了七八年，他开始汇款给我，让我给你汇。”

“你恨他吗？”

“这么多年过去了，哪里还有什么恨啊。前几天我见了他，看到他那么沉稳、儒雅，为他高兴。他已经变得十分宽容、豁达，尽管社会上的人曾经那么对待他，可瞧起来，他已经完全不在意过去的事情了。”

“这么说，他才是真正的‘江姨’？”

“嗯。”

“我听傅天南在逃回来的路上说，好像对他下毒手的幕后老板就是‘江姨’，会不会就是他？”突然听到自己的父亲是真正的“江姨”，乔玲珑觉得后背一阵阵发冷，不寒而栗。

如果真的是他，那么自己这几天遭遇的生死逃亡，就太可怕了，不知道他还会不会对傅天南下毒手。

“不会吧！一定是你们弄错了。”傅江雪极力替他辩白道。

“我们抓紧找到傅天南，一切就都清楚了。”

“对，找到傅天南。”

可傅天南在哪里呢？

隐藏

那天晚上，从后窗跳下来后，傅天南的脚脖子立刻就被河岸上的污泥糊住，他使劲儿挣扎了几下，鞋被粘掉了。危险尚未解除，他顾不上多考虑，弯下腰，低头从污泥里挖出鞋，两只手掂着鞋，顺着冰凉的河岸拼命逃跑。

人在危急时刻，巨大的潜能被激发出来，赤脚奔跑，一点也不觉得疼。好在这段路，他十分熟悉。顺着河岸跑到一座低矮的水泥桥下时，他“噌”地一下突然从桥头爬出来，一位老人正在拾荒，顿时吓得魂飞魄散。

傅天南双手提着鞋，作揖致歉，说：“惊扰了，大爷。”趁老人还没有彻底反应过来，傅天南一溜烟儿跑入另一片居民区。很快，他在居民区找到一辆没有上锁的自行车，一路向前，绝尘而去。

拂晓之前的夜色，又黑又暗。他听见耳边风声呼呼，用心捕捉，隐隐约约还能听到远处传来的嘈杂的声音。傅天南知道，自己出逃后，警察一定会对母亲和妻子等人轮番调查，说不定会因此官司缠身。但他相信，只要自己能够在短时间内揪出那个隐藏的“江姨”，澄清冤屈，定会云开雾散，雨过天晴。

一路骑一路想，他尽量找隐蔽的地方走。好在小时候他就常骑车在附近转悠，小街小巷烂熟于胸。逃出警方的包围圈后，傅天南整理一下思绪，觉得不能这么被动地待在江北县，于是他决定先到西陆市找地方藏起来。

辗转一天之后，傅天南来到西陆市南郊区的一处建筑工地，找了份体力活，暂时安顿了下来。他知道，这一刻，不仅警察千方百计在寻找自己的下落，就是“江姨”，也断然不肯轻易放过自己。自己知道得太多了，两进地下魔窟，“江姨”绝对不会让他苦心经营的老窝这么快就暴露在光天化日之下。

傅天南不是迟钝的人，他心中清楚，警察一定找到了自己留下的那个视频，也未必全信自己就是杀害丁康、杨存凯的凶手，但目前所有的证据都指向了自己，警方必须首先找到他核实情况。

可让傅天南心焦的是，一旦自己入狱，“江姨”很有可能会乘机逃跑。如此一来，所有努力将前功尽弃。出于这种考虑，他目前只能选择躲避，靠躲避赢得时间差，搞清“江姨”的真面目，给所有人一个满意的交代。

现在的问题已经非常严重，那天晚上，自己“亲手开枪”打伤一名警察，这是罪上加罪，警察们见到自己，很可能不等解释便会将自己击毙。

持枪杀人在前，故意袭警在后，他已经被逼入生死角落。

若是其他人，定会选择自首，一了百了。可傅天南不会这么做，此时他心中的那个英雄梦越来越清晰，一定要亲手将罪犯绳之以法。本就一根筋的他，愈加坚定信念：绝不能放跑罪犯！“娘的，老子不亲手抓住你，死不瞑目!”他一直这么想。

这家工地也收到了警方的公告，但并没有人过多注意这件事。一是工地现在人手奇缺，工头关注的焦点都在工程进度上；二是这家工地上大多是些老弱病残的打工者，根本不在意。

这栋烂尾楼停工已久，是工头最近才接下的，他当然希望尽快将主体粉刷完，好将房子卖出去。因此，一百多个工人的工地，竟然成了藏污纳垢的场所，也让傅天南能够侥幸地藏在这里一周没有被发现。

目前，最让傅天南焦虑的，不是警方对母亲和乔玲珑、妻子等人的盘问，反而是母亲神秘的身份。从家里出逃前，他见母亲说起“江姨”时和看乔玲珑的眼神特别怪异，觉得这里面一定有什么自己不知道的秘密。

从小到大，自己和母亲生活得那么艰辛，她怎么会成为资助乔玲珑的那个“江姨”？她的钱从哪儿来？这简直不可能。他确定母亲绝非“江姨”，可冥冥中，他又能察觉到，母亲好像确实与“江姨”有牵连。

而要弄清楚这一切，往家里打个电话便会一清二楚。可他不敢打，他努力压制着自己的冲动，因为不知道家里面的情况，他也早料到，警方正监视着母亲和家人……

一周过后，傅天南憋不住了。这天晚上，吃过饭后，他和工友们心不在焉地打了半个多小时牌，由于心里有事，所以总输。木工张德富就奚落他：“你是不是今天偷看女厕所了，手气这么差?”

傅天南憨憨一笑，不理他。

瓦工刘德连也说：“魂儿被吸血鬼偷了，一点精神也没有。”

傅天南见两个人都嘲笑他，索性一扔牌，说：“我输钱，你们还笑话，不要了。”

“不玩拉倒，赢你几个臭钱，瞧你半死不活的熊样儿。”

于是张德富从床头摸索出半瓶白酒，窸窸窣窣拿出一袋花生米。这两个人本不爱喝酒，闲着无聊，借酒打发时间。傅天南心里有事，就让张德富倒了点酒，“咕咚”一口喝干，喝完直眉瞪眼看着张德富。

张德富大吃一惊，叫嚷道：“你倒厉害，都像你这样，俺们还喝个屁。”

傅天南撇撇嘴说：“没酒了是吧，我去买。”他站起身来，只觉头晕目眩。傅天南走出工棚，见四野昏暗一片，使劲儿摇了摇头，清醒一下。工地上虽点着灯，但脚下坑坑洼洼，不得不小心。

傅天南用心地躲避着地下的钉子、木板、砖头、浆车、啤酒瓶、废铁丝、电焊把线，走迷宫一样，朝着西边昏黄的灯光下伫立的一个小店走去。

小店比这个工地历史要久，是一个固定铁皮房。在一盏昏黄的白炽灯照射下，显得朦胧摇晃，像海上的一叶孤舟。风有点硬，傅天南看着一百多米开外的小店，觉得自己此刻和它一样，遭受着四面来风的侵袭。

一口气喝了一大杯酒，傅天南觉得身体有点飘。可无论怎么飘，他心里也清楚得很，这次一定要给家里打个电话问一问母亲，“江姨”是谁？

想着走着，渐近小店。此时已是夜里九点多钟，夏夜本该还是热闹的时间，这里却因为空旷，很少有人。

小卖部里仅有店主一个人，是个男人，胡子很茂密，和傅天南的络腮胡子有一拼。傅天南没有和他搭话，直接就拿起黄色的公用电话，拨通了家里的号码。“嘟嘟嘟”三声过后，母亲傅江雪沧桑的声音传过来：“谁呀？”

就这两个字，傅天南立刻像被胶水粘住了嗓子，哽咽着不知该先说什么，使劲儿咽了一口唾沫。

傅江雪见没有动静，又问：“谁呀？”

傅天南刚要答话，母亲忽然问：“是你吗？你在哪儿，天南，妈想知道，你还好吧？”

傅天南振作一下，努力让声音显得平稳，说：“妈，我挺好的。”

“从小到大，你没少让我操心，可你说说，这次惹出的事，有多大啊！究竟咋回事，你倒是回来说清楚啊。”

傅天南听得心中温暖，可他也知道，一句两句是说不清楚的，所以，他尽量简短地问：“妈，回头我会跟你解释的，现在你和家里人都好吧？”

“都好都好，就是……”傅江雪停顿了一下，或许她不知道该从何说起。

傅天南急匆匆地问：“咋了？出什么事了？”

傅江雪毕竟是见多识广的大家闺秀，稍作喘息后，她沉稳地说：“妈跟你讲了多年的那个妹妹，找到了……”

傅天南问：“哦？在哪儿？”

“就是……乔玲珑。”

“啊！是吗？”傅天南一下怔住了。

真的是乔玲珑？母亲多次提起的妹妹，竟然是乔玲珑？自己前几天还一直仇恨她，怨恨她把自己拉入这场旋涡中，并且还动手打过她。不过还好，毕竟她毫发无损。

要是被罗杰等人残害了，或者像杨存凯、丁康那样被自己杀害了，这辈子只怕就罪孽深重了。如此反复想一想，稍加安定后，傅天南想起来问正事：“妈，你知道谁是‘江姨’吗？”

傅江雪那边一下没了声音，只有电波的“嗞嗞”声……傅天南反复问：“妈，你知道谁是‘江姨’吗？‘江姨’是谁？我怎么觉得你好像知道。”

许久，听到傅江雪长长地叹了一口气，说：“我知道。”

傅天南差点惊叫起来，一把攥紧铁皮房前的栏杆，重重捶了一拳。小店老板瞪了他一眼，嘴里嘟囔着：有病啊！

傅天南脸上露出了笑容，终于要弄清楚了……忽然，他一把将话筒扔下，撂下五块钱，撒腿就跑……因为远处，一辆警车正鸣着警笛呼啸而来。

但傅天南绝对想不到，聪明的傅江雪或许也意识到警方很快会上门问答案，所以，她也冲动了一次：只身去找“江姨”。

傅天南的惊慌失措，最终暴露了行踪。那天晚上，那辆警车其实并不是来抓他的，只是例行巡逻，路过而已。但傅天南仓皇逃跑，小店老板的一声大叫，为警方提供了线索。其实不跑也不行，他家里的电话早已被警方监听了。

让傅天南没有想到的是，他家里的电话，真正的“江姨”也在监听。早在“螺丝”和“饭猪”绑架傅大伟母子时，电话就被做了手脚。傅天南给母亲打电话的时候，“江姨”正在屋子里监听着母子之间的对话。

听完他的质问，“江姨”恶狠狠地说：“这个贼小子，不杀掉你，老子白活了。”

于是，以傅天南打工的工地为圆心，警方划定了五公里的包围圈，一场殊死追捕，就此展开。警方和“江姨”同时在寻找傅天南。“江姨”知道，自己已经暴露了，相信用不了多久，傅江雪就会被警方传唤，说出他的真实身份。

他必须孤注一掷，在警方找到傅天南之前，杀掉这个知道自己很多秘密的出租车司机，然后潜伏下来，伺机出逃。他觉得他报复社会的重任还远远没有完成，他必须继续战斗下去。

傅天南当晚匆忙逃跑后，并没有回工地，而是沿着工地附近的小路朝暗处藏，只为摆脱追捕。

与此同时，乔玲珑也踏上了寻亲之路，她要亲眼看看这个给予自己无限“关爱”的父亲和残忍的“江姨”，究竟是何面目？她决定靠自己的力量，寻找出这个隐藏多年的“父亲”。

乔玲珑反复问了母亲多次，可傅江雪就是不肯说出他的真实身份，这虽然让乔玲珑很恼火，但她也不想逼迫自己的母亲，她觉得，只要母亲想通了，总会告诉她的。

乔玲珑的内心深处，其实一直纠结。一方面，她急于找到这个“父亲”、这个“江姨”，还社会公平正义；另一方面，骨肉亲情，她多么希望自己永远找不到这个人，更希望这个人并不是心狠手辣的连环案的幕后凶手。

从傅天南家出来时，乔玲珑四肢无力，头疼欲裂，脑袋嗡嗡作响，全是父母受毒打的场面。她先是把自己关在家里，整整一天都没有动弹。她很想让自己就这么在封闭的环境中永远地待下去，没有烦恼，没有曾经，也没有未来。

一切都静止了。乔玲珑在这种状态中，希望麻痹自己的神经，靠虚空的幻想，来暂时忘却一切烦恼。她不愿意回忆父母的往事，甚至强迫自己忘掉这几天和傅天南一同经历的生死逃亡、自己的生死爱情，以及罗杰的死亡……

第二天早晨，太阳光穿透玻璃，照亮屋子时，明晃晃的光线，刺得她睁不开眼……她发现，自己想忘掉一切，完全是自欺欺人，她什么都没有遗忘，所有的一切都在眼前清晰地展现。她一骨碌爬起身来，果断决定：既难忘，便寻找！

她先是在家里翻找，她认为，养父乔老三一定知道这个秘密。还真被她猜准了，翻腾屋子南边窗下那个陈旧的大槐木衣柜的小抽屉时，一张发黄的信纸，吸引了她的目光。

这是一份遗书。

亲爱的女儿：

我本来不该隐瞒你的，可我实在没有勇气告诉你一切。

我是个骗子。这个念头折磨了我好多年，直到我生命的最后。

当年，你父母邮寄给我一把钥匙，就是南溪岛上老屋的钥匙。小时候我骗你说，是我的祖上留给我的，那是假话，对不起。

当年，为了让我守住这个秘密，抱回来你时，我收到了一笔钱。我承认，是我的贪财，让我作出了这个决定，才一直守住了这个秘密。

闺女，对不起。

乔玲珑反复看了几次，她彻底傻了，她无论如何也想不到，一辈子老实巴交的养父乔老三，竟然守着这么大的秘密。但她一点也不恨他，养父待她确实太好了，从小到大，连刷锅洗碗这样的事儿，都不让她沾边。她能理解这个老实人心里承受的压力有多大，道德的约束，生怕失去女儿的担忧，让养父一生不得解脱。

洞晓了一切之后，她觉得自己已足以承受任何打击，于是搭车再次去了傅江雪家里，她要听母亲亲口说出来，父亲到底是谁？叫什么名字！

无论如何，这一切迟早都要面对。让她想不到的是，当她赶到的时候，傅江雪恰好锁上家门，一副要出门的样子。乔玲珑偷偷地躲在车里，悄悄地让司机跟了上去……

举报

而公安局这边有关傅会任的嫌疑，却因为一个举报发生了惊天大逆转。

这天早上，傅会任手下的一个副经理来到公安局，自称要举报傅会任。

事关重大，刑警队又在西陆市紧锣密鼓地查找傅天南的行踪，江北县公安局长亲自接待了这位副经理。

副经理看上去非常疲惫，且额头上有明显的擦伤，手臂上也有淤青，可以看出是扭打所致。

副经理说：“你们要尽快将罪犯绳之以法，不得包庇。”

公安局长表示：只要你举报的线索真实可靠，我们绝不会放过一个坏人，请相信政府，相信司法机关。

副经理先是抽了支烟，仿佛在下最后的决心。烟燃烧殆尽的时候，这才开始了谈话。

据他说，傅天南在出事的前两天，曾向他举报过傅会任的重大作案嫌疑。当时他不以为意，认为傅会任与傅天南长期不合，不能光听傅天南的一面之词，所以没有重视。

“我可不是知情不报啊！当时确实没想到……”副经理先将自己的责任推得一干二净。

公安局长对他点点头，鼓励他继续说下去。

据副经理说，傅天南曾经向他举报，傅会任半个月前，通过汽修厂老板，私自购进了一批发动机，大约有十台，对出租车公司濒临报废的车辆进行了私自改装。这样私自改装汽车，是完全不符合国家有关规定的……

公安局长耐心地听完，微笑着问他，为何之前不报?

副经理说，他也是最近通过傅会任的反常举动才引起重视的。

公安局长问，你是如何调查清楚的?

副经理说，经过他无数次做工作，晓以利害，汽修厂老板才主动交代了合谋的全过程。

公安局长对他的行为进行了表扬，劝他回去后继续监视傅会任，若有什么举动，立刻上报。

副经理衔命而去。

虽然举报的情况出乎意料，但如此一来，傅会任的种种可疑行径，就都说得通了。傅会任在傅天南失踪后迟迟不报案，在警方调查时百般搪塞，并且还主动去找傅江雪，其实无非都在表达一个意思：希望傅天南躲起来，永远别让警方找到。或许他以为，只要傅天南不出现，他私自改装汽车的事情就不会暴露。

这样的案件当然也要管，可局长听说这件事后，心情反而更加沉重了。排除了傅会任是地沟油事件后台老板的嫌疑，那么，真正的老板是谁呢？

当然，局长也不会完全相信副经理所谓的“经过他仔细调查”，这里边一定含有水分。派人员调查的结果，让大家啼笑皆非。

副经理的老婆，在出租车公司任出纳，平日里打扮得花枝招展，爱说爱笑，单位的同事们特别爱和她开玩笑。尤其是傅会任，经常和副经理的老婆眉来眼去，打情骂俏，其实也就是开玩笑。

副经理与傅会任长期不合，前几天他一走进办公室，正好遇到傅会任和他老婆又在说荤话，小心眼的他以为二人“早有奸情”，醋意大发，对傅会任破口大骂。

结果是，脾气暴躁的傅会任和他话不投机，出手将他打伤。最叫他难以咽下这口恶气的是，他老婆当时就在场，竟然不帮着自己的丈夫，甚至在他挨打之后，还一个劲儿替他向傅会任赔不是，让他觉得戴了“绿帽子”，因此主动揭发，希望将傅会任彻底打败。

暴露的黑手

就在傅会任摆脱嫌疑后不久，刑警这边又有了突破性的发现，只不过，这个发现让棋局更加不可思议。

在傅会任没有洗清地沟油事件嫌疑的时候，警方的重点自然在傅会任身上，但知道他和地沟油事件毫无关联后，警方的监控重点就集中到了傅天南身上。

警方期望在傅天南身上找到突破点，顺藤摸瓜找到地沟油事件的最大幕后黑手。于是，南溪岛上乔玲珑的老屋，又成为了警方密切关注的地方。这一关注不要紧，竟然真让警方找到了重要的线索。

老屋原本有两名刑警监控，可在杨存凯和丁康的尸体被发现后，警方就将监控重点放到了傅天南家人身上。不过在苦苦没有突破，傅会任又摆脱了地沟油事件的嫌疑后，警方抱着多面布控、分点监察的心态，又重新踏入了老屋。

回到老屋后，警方重新对老屋进行了排查，没想到，竟发现原来南屋墙角处的香案，还有原本发现 U 盘后掀开的砖，竟然恢复了原貌，砖严丝合缝地重新盖上了，香案也被挪回到原来的位置。

这让警方察觉到了不同，在中间两三天没有对老屋监控的空当里，竟然有人重入老屋，并且挪动了物品。重新挪开香案，掀开砖，警方发现洞里多出了一个本子。本子看上去潮乎乎的，外边没有保护层，打开之后，却是一个日记本。

……

5月16日

穷，这是个悲伤的字眼。要不是遇到罗杰，今天估计我就直接跳江里了。不过能遇上他，也算有缘分，但这么个眉清目秀的小伙子，竟然开着个养猪场，还真是人不可貌相。

就算答谢他将我从江里拽回来吧，反正钱也给得不少，也好过老为钱操心。

……

6月13日

运饲料差不多一个月了，今天罗杰的老板竟然出现了，我一直以为罗杰就是养猪场老板呢。

老板自称“江姨”，一个文质彬彬的大男人，怎么弄个娘们儿的外号？不过他让我监视罗杰是什么意思？难道跟我运饲料那会儿发现的东西有关？

这三万块钱挣得还真简单，答应了老板就先拿到三万现金，真他妈是老板，手笔不一般。

既来之则安之，能来钱，做个眼线就做个眼线！

……

6月25日

没想到罗杰那小子有个那么漂亮的女朋友，前几天正好瞥见了，幸亏没发现我，要不我都解释不清楚。

那小子的那个笔记本是什么玩意儿？每次来货都记，还不给人看，难道这就是老板怀疑的东西？不过那小子还真是优柔寡断的，给老板打工都没个真心，还背地里叫老板“章鱼”……

不过对比“江姨”，“章鱼”的确更贴切啊。老板确实如章鱼一样，腕足多，吸盘也多；为了保护自已，常喷墨汁。要不是老板让我监视罗杰，还真看不出来老板这么狡猾，不过他总跟谜一样，浑身上下烟雾缭绕的。

……

7月2日

“江姨”到底什么意思？竟然让我去偷笔记本？还得安排个场景把笔记本暴露出去？还要把罗杰的女朋友也卷进来，难道“江姨”认为罗杰的女朋友也是个麻烦？

笔记本里到底是什么东西？让“江姨”花这么大心思去设计？管他是什么呢，这两万又轻轻松松拿到手了！下面只需要等个合适的机会了。

……

8月9日

哈哈，终于等来机会了，就是不知道罗杰能不能猜到本子是我偷的！他肯定以为自己藏得很隐蔽，却不知道我早就摸清了他的习惯。

花一千元雇个人偷来这个本子，我再在他记东西的时候提出不干了，料到他猜不出是我偷的。不过还得上他经常路过的那个林子里等他上钩，给他“本子是我捡到”的错觉，这么奇妙的招数也只有我丁康能想出来吧！哈哈。

丢了这么重要的东西，罗杰肯定会带着那俩二货追我，他女朋友正好也在岛上，到时候豁出性命，把本子交到她手里，剩下的那三万就又到手了，哈哈……

8 月 11 日

他妈的，亏大了，竟然砍我一刀，幸亏没动到筋骨。不过能把你女朋友拽进来，值了。

本子上的东西肯定值不少钱。不行，“江姨”那老家伙肯定知道那本子有料，原来罗杰一直弄的是地沟油，这帮黑心的。没想到老家伙还是个杂志社的社长，《骤雨》！还《疾风》呢。宁周元和“江姨”这两个字根本不沾边啊，怎么会起这么个外号？

对了，我得找这老家伙去，再弄一笔，就真远走高飞了，跟这帮黑心的家伙干，指不定哪天就丧命了！

……

8 月 12 日

这傻娘们儿竟然不在，跑哪去了？老家伙竟然让我再演场戏，他竟然要重用我？好像罗杰他们抓了个人，还是个退伍军人，本子甚至还经他手了。老家伙竟然想让我将他收入麾下，我想还是算了，就算再演一场戏，等拿到本子，我也只能敲一笔就走。

老家伙还真慷慨，答应他演戏就先拿到了两万，不过他还真以为我是演员了？我偷本子逃跑，那他妈算纯粹的演戏吗？被结实地砍了一刀！他说我让任何人都觉得自己是为了钱回来找死，这戏演得连他都迷惑了。其实我就是为了钱回来的！等拿到本子，不玩儿一笔大的决不罢休。

这次的戏有些不好演，他说让我故意被抓，罗杰会给傅天南一把枪，然后逼迫他杀了我。不过枪里没子弹，我只要在傅天南开枪的时候倒下，让傅天南因为杀了我而内疚，再死而复生自然就能笼络住这个退伍军人。然后再一起逃出来，再共事就容易多了。

老家伙这个想法挺有人情味，不过我可不想一直被拴在这儿。傅天南不知道是个什么人，要真能救出来，就随手救出来吧！不过为什么总感觉有些心神不宁的？

……

日记就到这结束了，警方推测是丁康感觉到了危机，所以故意在被抓之前，将这个日记本藏在了发现傅天南U盘的地方。也算是做了件好事，日记里披露的差不多都是隐藏的东西，地沟油事件的背后黑手竟然是宁周元！看起来文质彬彬，竟然能做出如此令人发指的黑心事，真是人不可貌相。

随即，警方开始针对宁周元身边的人展开了调查……

报复

南溪江的岸边，江水翻涌，空气中弥漫着潮湿的气息。

傅江雪和宁周元安静地相视而立。出租车内的乔玲珑难以控制自己的情绪，浑身战栗，她怎么也想不到，这个儒雅的杂志主编，这个公开揭露地沟油事件的好人，掀开的，竟是他一手策划的罪恶档案！

这怎么可能！她一遍遍否定，一次次摇头……乔玲珑终于忍不住，直接就拨打了瞿楠的电话，她要让这个有正义感的作家看看主编的嘴脸。当然，她并不知道瞿楠是宁周元的情人，她只有一种冲动——揭穿他的嘴脸！

乔玲珑悄悄下了车，躲在竹林中的一块石头后面。虽然听不到两人的对话，但看起来傅江雪情绪异常激动，挥舞着手臂捶打着宁周元。而宁周元却一动不动，任由她捶打，他俨然就是个慈祥的好父亲、合格的好丈夫。

乔玲珑喃喃道：“不，不可能，这不是真的。”她不甘心，不忍心，总觉得这一切都太虚幻太荒唐。

她不知自己偶然间触动了什么开关，让前世今生的一切，通通浓缩在这几天时间里，一股脑压过来。在这团重如千钧的巨大气流中，裹挟着真实与虚幻……爱人罗杰死了；寻找了半辈子的父母找到了；几次死里逃生……一切的一切，都那么真实，又那么让人不敢相信。

她不服，她想在这条链条上发现某个破绽，一拳击碎，然后，让这一切都逆转……可转瞬间，她又想到了肮脏的地沟油，想到了江北县和西陆市两地流传的地沟油谣言引发的社会恐慌，想到在那阴冷、潮湿、罪恶的地下仓库、工厂里，此刻或许正在加速进行最后的顽抗，制造着更大的罪恶。

一想到这些，乔玲珑就顾不上危险了，她猛然站起身来，一步一步朝着江边站立的两个人走去。

耳边无声音，眼中有利剑。乔玲珑朝着江边一步步向前走，听不到水波的涌动，听不到鸟儿的鸣叫，只顾着一步步来到两人身边。

她冲到两人面前，两人竟然毫无知觉，乔玲珑一下不知道该如何做，发出了两声尴尬的咳嗽。

两声咳嗽，惊醒了二人，他们呆呆地望着乔玲珑，齐声惊讶地问："你怎么来了？"

此刻，对于两个昔日的恋人来说，最怕见到女儿。无论是宁周元这个恶魔还是傅江雪这位慈母，最不能面对的就是乔玲珑。

乔玲珑冷笑一声："我为什么不能来？"

傅江雪说："玲珑，你赶紧走。"

"我怕什么，大不了就是个死。"乔玲珑死死盯住宁周元，鄙夷地说，"哼，虽然一直有人希望我死，可我命大，一时还死不了，老天不收我。"她内心里此刻只有恨，恨不得看着宁周元死在自己面前。

宁周元听到后，缓缓低下了头。很快，他就说："你还是走吧，有些事需要我们了断一下，你不要卷进来。"

"有什么事见不得人？你不是主编吗？这可是个难得的好素材啊。"

傅江雪猛地走过来，一把拉起乔玲珑的胳膊，说："玲珑，听妈的话，你赶紧走！"顺势推了她一把。

乔玲珑说："我不走，我为什么要走？"

傅江雪说："警察很快就来了，你不要卷入这场争斗中。"

乔玲珑反问宁周元："是你吗？是你准备下毒手吗？来啊，你来啊，我就站在你面前，省得你费尽心机，处心积虑。来呀……"

宁周元忽然脸色铁青，说："赶紧走吧，不要胡闹。"

"呵呵，胡闹。我当然是在胡闹，我怎么会不胡闹呢？从小到大，我都在寻找一个人——江姨，我的恩人。可我没想到，所谓的‘江姨’竟然是你，是你这个罪大恶极的人。你的良心呢？你杀死了那么多人，心里就没有一丝歉疚吗？你就不怕晚上做噩梦吗？以前我一直认为‘江姨’是我的恩人，可现在我听到这两个字，都觉得恶心！”

说完这句，她自己都愣住了。恶心！怎么能这样对恩人说？她心里也知道，所谓恶心之人，是自己的父亲，可她就是难以控制自己的情绪，此刻，太需要宣泄了……

“你！”宁周元眼睛里喷出火来，手指着她。

“怎么样？你想打我，来呀！你来呀，反正我知道你心狠手辣。”乔玲珑朝着宁周元扑过来，傅江雪急忙过来拉扯，三个人扭打在一起。

“住手！”一声怒喊传来，一支黑洞洞的手枪指向宁周元。

宁周元蓦地一脚将乔玲珑踹在地上，整理着上衣，淡淡地冷笑一声，说：“你终于来了。”

傅天南咬牙切齿地说：“是的，我来了！”

乔玲珑看到突然冒出来的傅天南，急匆匆地问：“傅哥，你怎么找到这里的？”

“你问他。”傅天南一动不动地握紧手枪，不敢有丝毫放松。

乔玲珑将头转向宁周元。

“是的，如果不是我有准备，怕是还找不到你呢。告诉你小子，我早就知道你在工地上了，但我在等你打电话。如果你继续躲下去，我就陪你玩到底。小子，你破坏了我的好事，本来我还准备继续跟这个社会玩下去的，都让你搅乱了。”

傅江雪听完，完全不相信地反问宁周元：“真的是你？一切都是你做的？”她反复摇头。

“不错，是我。”

“为什么？”傅江雪怒目而视，逼问宁周元。

“为什么？你还不清楚吗？”

“我清楚什么？”傅江雪反问，“莫非是你觉得憋屈？”

宁周元轻轻地点点头。

“你憋屈？这世间的人，哪个不是憋屈地活着。我一直以为，你早已忘记了仇恨，学会了忍耐。年轻时你爱冲动，我欣赏你；年老了你还爱冲动，我忍不住要鄙视你，轻看你。你为什么就只看到别人的恶？为什么非要滥杀无辜呢？”

宁周元听罢，狂笑一声，说：“你太天真了！我来问你，当初我有什么错？为什么没有一个人拦着一下？为什么所有人都一边倒？还不是屈服于权势！从入狱的第一天起，我就看透了这个世道——胜者为王！你问我为什么做这些，好，我来告诉你。因为我发现了一个真理——人性本恶。正是内心里潜藏的恶毒、戾气，让他们丧失了理智，完全不顾事实真相，颠倒黑白，硬生生将一个好人逼成了恶人。他们这些人，难道不该被钉上耻辱柱吗？难道不该死吗？这社会上的人，统统该死！总有一天你们会明白，我所做的，是正确的。”

“你怎么可以这样混淆视听、颠倒是非？你太让我失望了……”

“我早就对这个社会失望了，我来问你，既然大家都知道地沟油有毒，为什么还要购买？为什么那么多小贩要用地沟油炸油条、炒菜？你说说，这些人，哪一个不是恶毒之人？我所做的，只不过是唤醒了他们潜意识里的恶，我有什么错!”

傅江雪听得心肝疼痛，她用手捂住胸口，慢慢地说：“你为什么非要把自己的路堵死呢？为什么非要将自己封闭起来？你抬头看看这湛蓝的天空，这明媚的阳光下，我们一家三口团聚了，多好啊……”

宁周元痛苦地叫嚣道：“我不听，我不听，这个世道早已肮脏到无可救药了!”

“宁周元，扪心自问，这么做，你晚上能睡着吗？一个是你女儿，一个是我儿子，你真就这么狠心，能下得了手？”

宁周元停顿了一下，不屑地说：“你儿子？他是谁？不过是那个老傅留下的种。如果不是他，我女儿也不至于卷进这个事件中，他就是罪魁祸首，我必须让他死!”

“哈哈，让我死，恐怕现在你的死期已经到了。”傅天南晃了晃手里的枪，提示宁周元面临的威胁。

“哈哈哈，”宁周元仰天狂笑，“你开枪啊！开枪啊！你以为手里拿着枪，就敢开枪吗？开枪这件事，不是每个人都能做到的。”宁周元动了一下衣摆。

傅天南立刻怒斥：“你不要逼我，敢耍花招，我就开枪。”

宁周元停止动作，挑衅地说：“你不是一直想当英雄吗？

你以为英雄就这么容易当吗？其实你不过是个懦弱的出租车司机，是个窝囊的男人，是个弱智的傻大个。你开枪啊，当着你母亲和你妹妹的面，你开枪杀人啊！反正你已经亲手杀过两个人了，多一个也无所谓。”

“什么？你杀了人？”傅江雪问傅天南。

“妈，你别听他胡说。”

傅江雪走到傅天南面前，怒目而视地问：“你跟妈说，究竟干没干傻事？”

“妈，我没有，一时半会儿跟你说不清楚，等警察来了，一切就真相大白了。”

“不，你先告诉我，到底怎么回事？”傅江雪摇晃着傅天南，两个人揪扯着。

“把手举起来！”宁周元忽然大喊一声。

傅江雪和傅天南都愣住了，宁周元卡着乔玲珑的脖子，手中黑洞洞的枪口正对着乔玲珑的太阳穴。

“你，你真是丧心病狂啊，这可是你女儿啊。”傅江雪颤抖着骂宁周元。

“把枪放下！我数到三。”

“你敢！”傅江雪怒喊。

“他不放我就开枪。一……二……”宁周元瞪着血红的眼睛，面目狰狞地说。

傅天南还在迟疑，傅江雪一下扑向宁周元……

“妈……”傅天南正准备将枪放下，傅江雪已经扑过去了。

“砰”，一声凄厉的枪声……现场的空气凝固了。

傅江雪瞬间瘫倒在地上，傅天南歇斯底里地喊：“妈……”哭喊着跑过去扶起倒在地上的傅江雪。

“江雪……”宁周元发出一声悲怆的喊叫，显然也没有预料到自己会打中傅江雪。

“我跟你拼了!”傅天南“噌”地从地下站起来，疯了一样冲向宁周元。

“砰”，又一声冰冷的声音，傅天南应声捂住腹部，步履踉踉跄跄，眼睛里喷出愤怒的火焰。

“江雪，你不能死。”宁周元朝着地上的傅江雪望了一眼，悲戚地喊叫着……

乔玲珑不顾生命之忧，努力挣扎着大喊：“傅天南，你快跑……”她伸出手，同宁周元厮打着，脚踢手刨，嘴里大叫：“你开枪啊，你这个十恶不赦的人，你开枪啊……”乔玲珑希望用自己的死，换取傅天南的生。

宁周元朝着傅天南喊：“你还想跑？你把你母亲都害死了，你还想跑，我要杀了所有人，你们都得死!”他把手枪再次对准了傅天南。

“别开枪!”突然传来的一声高喊，让所有人都愣住了。

瞿楠出现了。

“宁周元，这是怎么一回事？”瞿楠焦急地望着宁周元。

宁周元显然没有想到瞿楠此刻会突然冒出来，刚刚经历了傅江雪中枪的打击，他没有想到瞿楠——这个他最后的心灵寄存者——也卷了进来，他不知如何是好了。

趁着宁周元发愣的瞬间，乔玲珑挣脱了他的束缚。

三个人面对着宁周元，面对着他手里握着的枪。

“为什么要这样?”瞿楠显然还不相信自己亲眼目睹的这一切，她死死地盯着宁周元，希望他给自己一个交代。

宁周元一下一下摇着头，无限悲凉地说：“瞿楠，你真不应该来，你来干什么呀?”

乔玲珑说：“来看看你这个大主编的德行啊，来欣赏一下你这个富有正义感的主编的丑恶嘴脸啊。”

“是你?”宁周元惊愕地盯着乔玲珑，嘴唇张了无数次，却说不出其他话来。

“是我，就是我请她来的。”

瞿楠一下一下拍打着自己的头，哭泣起来：“这不可能，这不是真的。宁周元，你告诉我，这不是真的。”

“这就是真的，你扭头看看。”宁周元指着从南溪桥上驶来的警灯闪烁的警车，无限悲凉地说，“都是真的，瞿楠，都是真实的。到了这时候，我也不瞒你了。我对你的感情绝对是真的，我真的爱你，但这个社会对我太无情了，我必须报复。”

乔玲珑鄙夷地说：“说得多动人啊，他爱你，别做梦了。看看眼前倒下的我妈妈，曾经就是被这个人爱得死去活来，如今又来骗你，你信吗?”

“我对她的爱，不是欺骗。”宁周元发出嘶哑的呼喊，“你不要这么说。”

见警察包抄过来，耳边响彻着“举起手来，放下枪”的声音，宁周元骤然恢复了往日的儒雅风采，对着大家侃侃而谈：“没有谁愿意做一个恶人，我出狱后，也想回报社会，可没有一个人在意我。谁愿意接纳我？我成了这个社会的累赘，我有什么错？我不就是为了追求自己的幸福吗？为什么到最后，阴差阳错，我却成了别人眼中的另类。我有自己的妻子和女儿，却不能相认。你们有谁想过我的感受？”

宁周元停顿了一下，目光落在了瞿楠身上，一张因为恨变得扭曲的脸上有着一丝的不甘：“慢慢地，我觉得我在这个世界上，已经没有立足之地了，没有人愿意相信我可以成为一个好人。好吧，那我就如你们所愿，做个恶人好了。因为我只有成为恶人，这个社会才会满意，我才能实现我的价值。所以这么多年来，我不断制造混乱，看着别人恐慌、害怕、茫然无助，我要让所有人都来体验一下我曾经承受的痛苦。”

宁周元说到这里，用一种狡黠的目光扫视了众人一番，突然大笑起来：“你们以为你们所有人都赢了？你们以为是你们发现了地沟油工厂？错，你们都错了！从一开始，就是我故意将你们的注意力吸引到地沟油上的，其实我还有更大的动作，恐怕你们永远也想不到。真正的真相，远远不止这些……”

说完这句话，谁也没有料到，他竟纵身一跃……翻涌的南溪江水，瞬间就把他吞没了……